"留学生大侦探"系列

美女雕像

应泽民◎著

时代出版传媒股份有限公司
安徽文艺出版社

图书在版编目（ＣＩＰ）数据

美女雕像/应泽民著. —合肥：安徽文艺出版社,2018.11（2022.5重印）
（"留学生大侦探"系列）
ISBN 978-7-5396-6497-2

Ⅰ. ①美… Ⅱ. ①应… Ⅲ. ①推理小说—中国—当代
Ⅳ. ①I247.5

中国版本图书馆 CIP 数据核字（2018）第 236288 号

出 版 人：朱寒冬
责任编辑：宋潇婧　　王婧婧　　　　　装帧设计：张诚鑫
....
出版发行：时代出版传媒股份有限公司　www.press-mart.com
　　　　　安徽文艺出版社　www.awpub.com
地　　　址：合肥市翡翠路 1118 号　　邮政编码：230071
营 销 部：(0551)63533889
印　　制：北京一鑫印务有限责任公司　　　　(010) 61424266
....
开本：880×1230　1/32　印张：8.125　字数：180 千字
版次：2018 年 11 月第 1 版　2022 年 5 月第 2 次印刷
定价：39.00 元
....
（如发现印装质量问题，影响阅读，请与出版社联系调换）

目 录

CONTEN

第一章　陨石雕像

一

中国是世界上的文明古国之一，远在欧洲觉醒之前，就给人类带来了造纸术、印刷术、火药和指南针等革命性发明。

五千年间，中国的能巧工匠们还制作了数不清的珍贵艺术品，它们被后人叫作古董，或曰文物，有的甚至被称为国宝。

然而，自十九世纪中叶以来，由于海外列强的掠夺，加上文物走私等因素，大量中国古代文物流失海外，其中不乏精品、孤品。据联合国教科文组织不完全统计，在全世界四十七个国家、两百多家博物馆的藏品中，有中国文物一百六十四万余件，这还不包括在私人手中的中国文物。

二十世纪三十年代，一位德国科学家跟随探险队到中国探险，带回一件美女雕像作纪念。这位科学家去世后，美女雕像不知所踪。

去年，印度尼西亚籍华人哈希文出差到德国，在旧货市场上发现这件美女雕像，就买了下来。后来哈希文在一次聚会中遇到一位名叫施罗德的地质学家，其父当年也参加了探险队，对他说过美女雕像的事。施罗德看到哈希文从旧货摊上买来的美女雕像,十分好奇,拿去进行化验分析,发现美女雕像是用陨石雕成的!

地质学家施罗德告诉哈希文,陨石是人类能接触到的最古老的物质,是星球的原始材料,陨石的稀有,决定了它的价值。制作美女雕像的陨石名叫"铁嘎",是一万五千年以前坠落在蒙古的。因此,这件美女雕像的价值不可估量!

不久前,哈希文应古董检证会之约,带着这件雕像参加会议。

美女雕像体态袅娜,曲线诱人,有闭月羞花之容,沉鱼落雁之貌。这件雕像当之无愧地成为这次会议中的"明星",并受到媒体的追捧。

各大媒体都刊登专文介绍了这件陨石制作的美女雕像。

这件无与伦比的美女雕像的出现,像强烈的地震,震撼着全球艺术界。

会议结束后,为了让祖国人民看到精美的美女雕像,一天凌晨,哈希文谨慎地揣着雕像,带上每次乘飞机都要随身携带的运动用降落伞,登上 W 航班。

天有不测风云。W 航班起飞两小时后,即与空中管制中心失去联系。

W 航班失联后,航空公司及多国联手展开搜索,却杳无音讯……

第二章 古董商人

雅加达,世界第四人口大国印度尼西亚首都。

街道两旁的树木枝叶交织,一片苍翠,挡住炎炎烈日,形成绿色通道,使这座国际化大都市享有"绿色珍珠"的美誉。

印度尼西亚有一千多万华人。其中一些华人经商业绩突出,经营网点遍及印度尼西亚城乡,获得"纺织大王""橡胶大王""木材大王""卷烟大王""棉花大王"等称号。

雅加达民族纪念碑西侧的公园内,人们散步、读书、野餐,孩子们追逐嬉戏。

音乐喷泉附近,捡到美女雕像的小混混"猴子"正靠在墙边打盹。

猴子是一个勤快的拾荒者。他走路时眼睛总是往下看,经常能捡到可以换钱的东西,有时还会捡到能卖出好价钱的贵重物品。

W航班失联的第二天,猴子去了千岛群岛,那是雅加达湾中由分散小岛组成的群岛,隶属雅加达特区。那些岛屿面积多数不足一平方千米,大部分是无人小岛,岛上覆盖着热带林木,终年郁郁葱葱。

　　猴子曾经在其中一个小岛上捡到过一只金表,那可能是粗心的旅游者遗失的。他这次又来到那个无人小岛,转悠了好一会儿,在树林中发现一个挂在树上的降落伞和一件美女雕像。猴子凭经验知道,这件石头做的美女雕像　定是古董,能卖出好价钱,于是将它拿走。

　　猴子一回到雅加达就急着给美女雕像找买家。

　　此刻,他在等待朋友"九斤"的到来。

　　九斤看见猴子,走到他身边。

　　九斤推搡猴子:"猴子,猴子,快醒醒!"

　　猴子醒来,揉着眼睛。

　　"九斤,是你? 找到你的那个同乡没有?"

　　"没有。他乘坐的那趟航班至今没有消息。我帮你另外找了一个同乡。"

　　"那你找到他了吗?"

　　"找到了。"

　　"他要不要那个石头雕像?"

　　"他是古董商人,当然要。"

　　"什么时候跟他见面?"

　　"两天以后。"

　　猴子不满地说:"还要等两天?"

　　"他到巴厘岛去了,两天后才回。"九斤也在墙边坐下,"好事多磨嘛!"

　　两天后,九斤将他的那位同乡带到一家餐厅,跟猴子见面。

　　雅加达是国际化大都市,饮食文化当然也国际化。在这里可以品尝到世界各国的菜肴,如中国菜、欧洲菜、泰国菜、越南菜、日本菜、朝鲜菜、印度菜等。

　　这家餐厅为经典的印度尼西亚餐厅,供应印度尼西亚风味的大蒜花生酱沙拉、米粉和虾片。

　　九斤的这个同乡叫祁再发,48岁,面如满月,疏眉凤眼,专做古董生意。

　　九斤向祁再发介绍猴子:"这是我的兄弟猴子,他最近得到一个古董,想卖给你。"

　　祁再发问:"猴子老弟,古董带来了吗?"

　　"带来了。"

　　猴子从桌子下面拿出一个包袱,却并不打开。

　　九斤说:"打开看看。"

　　"先别急,这里的眼线多。"

　　猴子的双手紧紧捂住包袱。

　　"猴子老弟,是什么古董?"祁再发又问。

　　猴子向四下望望,悄声说:"一件石头做的美女雕像。"

　　"你是怎么搞到的?"

　　祁再发因一个小混混手里竟然有如此贵重的雕像而感到十分

惊讶。

"我在一个树林里捡到的。"

"什么地方的树林?"

"我不能告诉你。"猴子理直气壮地说,"但这绝不是偷来抢来的。"

九斤插话:"猴子是这一带有名的拾荒大王,他靠辛勤劳动赚钱,不做伤天害理的事。"

"猴子老弟,那你开个价吧。"祁再发期待地说。

猴子伸出手,将手指摊成"十"字。

"太贵了!"祁再发摇摇头。

"这可是美女雕像,很有收藏价值呀!"

猴子摆出一副行家的架势。

祁再发伸出一只手的大拇指和食指组成"八"字,对猴子说:"这个数怎么样?"

九斤拉了拉猴子的袖口:"猴子,别太贪了,有这个数就可以了!"

猴子考虑片刻:"好,成交!"

雅加达市区分老区和新区。老区位于北部,紧靠海边,高层建筑极少,有许多荷兰殖民时代留下的欧式建筑,其中最具代表性的是现在的总统府,即原来荷兰人的总督府。老区还有雅加达著名的唐人街——草埔。古董商人祁再发就住在这里。

祁再发从猴子手里购得美女雕像后，到德国谈生意时带着它，请专家进行了鉴定，今天回到雅加达。

祁再发移民印度尼西亚后，没有结婚，但有一个情人叫陶茹。

陶茹刚到印度尼西亚，对这里的一切都感到十分新奇。

此刻，陶茹正在街上漫步。沿街商店鳞次栉比，商品琳琅满目，应有尽有，无处不在的路边小吃店，更为这里增添丰富的色彩。

陶茹边走边看，全然不知有一个目光阴冷的年轻人悄悄尾随在她的身后。

房东陈太来到祁再发的住室门口，对着紧闭的房门问："祁先生在吗？"

祁再发将正在欣赏的美女雕像放进柜子里，走到门边。

"是陈太吗？"

"是我。"

"有什么事吗？"

"我来收这个月的房租。"

祁再发开门："请进。"并问道，"陈太，您儿子乘坐的航班有消息吗？"

陈太进屋，叹了一口气："一点消息都没有！"

祁再发同情地说："您别急，会有消息的。"

祁再发将几张钞票交给陈太。

"谢谢，"陈太收下租金，"祁先生，楼上的房客明天搬走，您可以搬到楼上去住了。"

"太好了，"祁再发不喜欢住在楼下，"我明天就搬。"

陈太转身离去，被祁再发叫住。

"陈太，我要拜托您一件事。"

"有事尽管吩咐。"

"我住在这里，您要替我保密。"祁再发叮嘱道，"除了陶茹，别的人来找我，您都说不知道。"

"好。"陈太问，"那您的外甥汪又贵呢？"

"我更不想见他。"

"他可是您的亲外甥啊！前天我在街上，看见他向人打听您是不是在这里住。"

祁再发叹了一口气："我姐姐、姐夫死后，我收留了这个外甥，还给他安排了工作，可他不争气，染上了吸毒的恶习，三天两头找我借钱，借了又不还，我就是有一座金山也会被他掏空的！"

陈太表示理解地点着头。

陶茹走到祁再发住房门外，那个年轻人继续跟踪。

陶茹轻轻敲门。

那个年轻人闪身躲到一边。

陈太将门打开一半。

陶茹看见门内露出陈太的脸："陈太，您好！"

"是陶小姐呀。"

"祁先生在吗?"

"在,在。"陈太将陶茹让进屋,然后向街上打量一番,将门关上。

那个年轻人看得真真切切,阴毒地一笑。

陶茹走进祁再发的住室,反手关上房门。

"你什么时候回来的?"陶茹问。

"刚回。"

祁再发招呼陶茹坐下:"你来得正好,我给你看个宝贝。"

"什么宝贝?"

祁再发从柜子里拿出美女雕像。

"不就是那天你从一个小混混手里买的美女雕像吗? 有什么了不起的!"

祁再发一边把玩着美女雕像,一边说:"陶茹,这件美女雕像的价值不可估量! 有了它,我跟你下半辈子就不用愁了!"

陶茹吃了一惊:"为什么?"

祁再发拉拢窗帘,在窗前坐下,对陶茹说:

"我听业内人士说,有一件美女雕像被一位印度尼西亚华侨买走了,事后才知道这件美女雕像由天上的陨石雕制,价值连城。后来,那位华侨带着雕像乘坐飞机,下落不明。那天小混混卖给我的美女雕像,凭我多年研究古董的经验,我也猜想它可能是陨石做的,这次到德国带上它,经专家鉴定,证实确是用陨石雕成的! 而且,就是那位印度尼西亚华侨买走的陨石雕刻的美女雕像,专家还问我是如何得到的……"

祁再发虽然拉上了窗帘,但由于窗户不隔音,他的话被那个一路跟踪陶茹、此刻躲在窗户外面的年轻人听见了。

一位采访华埠新闻的记者路过这里,看到有个年轻人在偷听别人谈话,他也驻足旁听,听到屋里有人谈到"陨石美女雕像"这个话题。

第三章 华人侦探

刘洋凯是中国赴美国留学生,主修犯罪对策学、法医学,已获得博士学位,正在攻读西方犯罪史。一位女同学失踪,他为了寻找其下落,暂停学业,考获侦探执照和法医执照,最终成功破案,并协助警方打掉一个跨国犯罪团伙,被誉为"留学生大侦探""华人大侦探"。

最近,刘洋凯成功破获一宗发生在东南亚的华人商铺被抢劫的案件,声名大噪,因此他设在雅加达的侦探事务所经常有人访问。

侦探事务所由刘洋凯的助手陈静美负责。她从小生活在雅加达,熟悉这里的环境,而且有很多朋友。

这天,陶茹刚走到祁再发的租住屋门口,迎面碰到房东陈太,便招呼道:"陈太,早上好!"

"阿茹,早上好!"陈太看见陶茹提着一个饭盒,"给祁先生送早点?"

"他说好久没有吃福州小吃了,我今天特地到小都会买回来的。"

"祁先生好像不在楼上。"

"是吗?"

陈太思索片刻:"从昨天晚上到今天早晨,楼上没有任何动静。"

陶茹狐疑地问:"怎么回事?"

陈太答道:"祁先生会不会在别的地方过夜?"

"肯定不会!"

"那……"陈太欲言又止。

"我上楼去看看。"

陶茹匆匆上楼。

陈太紧跟其后。

陶茹敲门。

无人应声。

陶茹的脸上掠过阴云:"陈太,您有这间房的备用钥匙吗?"

"有。"

"请您拿过来,我们进屋看看。"

陈太回到自己的房间,找了半天,没有找到钥匙,喃喃自语:"这钥匙真怪,不用它的时候,它总在你的面前;要用它的时候,不知道它躲到哪里去了!"

陶茹焦急地问:"陈太,找到钥匙了吗?"

"找到了,找到了!"

陈太拿着钥匙走出房门。

陶茹嫌陈太走路太慢,赶紧下楼,从她手里接过钥匙,跑步上楼,迫不及待地去开房门。

门被打开。

陶茹赫然见到祁再发一动不动地躺在地上,她发出一声惊呼:"陈太,出事了!"

陈太听到陶茹惊呼出事了,急忙上楼,见祁再发倒在地上,脸色发青,也吓得张大了嘴半晌合不拢。

陶茹走进房间,蹲在地上,去摸祁再发的脉搏。

陈太站在门口问:"要不要送医院?"

"我自己就是医生。"陶茹翻开祁再发的眼皮,还查看了他的脖子。

她站起来对陈太说:"祁先生没有脉搏,瞳孔放大,已经死了!"

"祁先生身体很好,怎么会突然……"

"他的颈部有掐痕,可能是被人掐死的。"

陈太惊恐地说:"这可不得了哇!"

"陈太,我去报警!"

"我去打电话报警。"陈太建议,"你去找大侦探刘洋凯。"

"他是私家侦探?"

"他是华人破案高手!"

陶茹匆匆下楼,前往刘洋凯的侦探事务所;陈太跟在她身后,下楼去给警署打电话。

陶茹刚走,曾经旁听到"陨石美女雕像"的记者走过来问刘太:"请问,这里是不是住了一位古董商人祁先生?"

"他死了!"

那位记者跟踪采访了祁再发被谋杀的案件。

次日,雅加达中文报纸以《古董商人被杀,美女雕像失窃》为题,详细报道了案情。

印度尼西亚华人妇女苏丹娜看了报纸后,来到刘洋凯设在雅加达的侦探事务所。

刘洋凯外出未归,陈静美接待了她。

苏丹娜开门见山地说道,她是这次失联客机上的乘客哈希文的妻子。哈希文乘飞机时曾携带一件陨石做的美女雕像,现在客机和机上的所有人员都不知所踪,哈希文随身带着的陨石做的美女雕像却落入一位古董商人之手。而昨日这位商人被人谋杀,美女雕像被盗走。

苏丹娜接着谈到陨石做的美女雕像的来源,她的丈夫哈希文此行的目的就是要将美女雕像带回祖国。

谈话间,刘洋凯回到侦探事务所。

陈静美向苏丹娜介绍刘洋凯。

苏丹娜久闻刘洋凯大名,今日见面,不禁多望了他几眼。

刘洋凯有一对机警灵活的眼睛,两道扬起的浓眉,山梁一般的鼻子,端正的嘴唇轮廓分明,体格像铁打铜铸般结实。

苏丹娜向刘洋凯复述了刚才告诉陈静美的内容后,继续说道:

"我丈夫哈希文带去的陨石做的美女雕像,还有一个不为人知的秘密,就是雕像肚内有一个发声装置,可以播放古曲《春江花月夜》,不知是在什么时候、被什么人安放的,哈希文买了它以后很久都没有发现。这次乘坐飞机之前,他摆弄雕像的时候无意中发现了这个装置,但当时电池的电量已经耗尽,电池也已腐烂。哈希文换了新电池,并将它改为既可播放音乐又可录音的装置。"

陈静美停下手中的笔,问:"苏丹娜女士,这就是说,哈希文先生这次坐飞机随身携带的美女雕像可以录音?"

"是的。"苏丹娜毫不含糊地回答。

"那这个美女雕像,岂不是有点像飞机的黑匣子?"

"可能有这个作用!"苏丹娜的嗓音清脆明亮,"找到这个美女雕像,或许可以知道客机上发生了什么事。"

陈静美兴奋地跟刘洋凯对了一下眼神。

"还有一个问题……"苏丹娜突然颦蹙愁眉。

"什么问题?"陈静美问。

苏丹娜忧心忡忡地说:

"哈希文虽然给陨石做的美女雕像肚内的装置换上了新的电池,但它的电量只能维持三十天,如果在这段时间内不能找到雕像,电池

　　的电量耗尽后,哈希文在飞机上的情况和美女雕像是如何掉到地面并落入古董商人手中的,或许将成为永远的秘密……"

第四章 正本清源

陶茹找到刘洋凯的侦探事务所,请求他帮助侦办祁再发被杀、陨石做的美女雕像被盗的案子。

刘洋凯获知凶犯杀害祁再发是为了劫走美女雕像,而这个雕像又是苏丹娜追寻的目标,于是决定两起案件并案侦查。

刘洋凯为侦办祁再发被谋杀的案件,前往警署备案,新来的警长麦克伦亲自接待了他,并让先期赶往发案现场的肖恩警官向他介绍案情:

"死者叫祁再发,是个古董商人。经法医检验,死亡原因系掐颈窒息致死,死亡时间大约是昨天下午。他的住室内柜子被撬,陨石做的美女雕像被盗,判断是盗窃杀人。"

刘洋凯问:"发现凶嫌的指纹没有?"

肖恩答道:"在房门、柜子门等部位发现明显的擦拭痕迹,看起来凶嫌把可能留下的指纹都擦掉了。"

"鞋印呢?"

"案发后邻居们来看热闹,鞋印重叠杂乱,完全没有比对价值。"

刘洋凯表示理解地点点头。

"刘先生,您还有什么要了解的?"肖恩问。

"死者的遗体呢?"

"在殡仪馆。"

"谢谢肖恩警官!"刘洋凯说,"那我先去看看现场。"

刘洋凯、陈静美来到陈太家时,陈太热情地接待了他们,又是倒茶,又是递烟,把他俩引上二楼祁再发住的房间。

刘洋凯扫视了犯罪现场,问陈静美:

"你知道'正本清源'吗?"

陈静美明白刘洋凯又在用中华智慧办案了,答道:

"这句话出自《汉书·刑法志》。正本,从根本上整顿;清源,从源头上清理。"

"对!"刘洋凯说道,"正本清源用于破案,就是认真勘查,甚至重建现场,从根本上厘清案情,从而制定侦查方案。"

现场还保持原样,只是祁再发的遗体已移至殡仪馆。

刘洋凯无须用放大镜,就发现房门、柜子门上面没有留下指纹,跟肖恩说的情况一致。

刘洋凯举目四望,忽然发现墙角有东西在闪光,他忙走过去,用放大镜照看。

陈静美也走过来:“是玻璃碎片吗?”

“是的。”

“这碎片说明了什么?”

“先问房东,”刘洋凯对着楼下喊道,“陈太,请您上来一下。”

“来了。”

刘洋凯指了指堆在墙角的玻璃碎片问:“陈太,祁先生每次打扫房间后,会不会把渣滓留在屋里?”

“绝对不会！他很爱干净,不会把渣滓留在屋里。”

“那他把渣滓倒在哪里?”刘洋凯又问。

“倒进垃圾桶里。”

“垃圾桶在哪里?”

“就在后门口。”

刘洋凯、陈静美找到垃圾桶。刘洋凯戴起手套,在桶内仔细翻动,从中发现半只玻璃杯,轻轻地将它拿出来。

二人回到现场。刘洋凯摆弄这半只玻璃杯和室内的玻璃碎片,小心翼翼地做“拼图游戏”,居然拼成了一只茶杯,它的形状、大小,跟房间里另外一只玻璃杯十分相似。

刘洋凯据此推定,拼成的这只玻璃杯原本是祁再发家里的。

他问陈静美:“这只玻璃杯是怎么打破的?”

“大侦探,你刚才问的问题还有点深度,”陈静美噘起嘴巴,“这个问题只能算‘小儿科’了。”

"你说说看。"

"祁再发遇害的时候,有过反抗,同凶手推搡,正是在缠斗中,这只玻璃杯跌落在地上摔破了。"

"两人真的有过推搡?凭什么可以证明?"

陈静美拧着双眉,紧闭嘴唇,思绪像一只海燕悠悠飞翔。

"有门了!"她兴奋得满脸通红,"可以去问房东陈太,如果楼上发生拉扯推搡,玻璃杯落地摔破,她会听到声响。"

"哎呀,静美,你真行啊!"刘洋凯赞许道。

他俩于是下楼去见陈太,刘洋凯问:"陈太,在发现祁先生遇害之前,您听到楼上有什么响动没有?"

陈太想了一下,说:"有响声。"

"响了几次?"

"两次。"

"什么样的响声?"

"一次是沉闷的响声,一次是清脆的响声。"

"您没有上楼去看看?"

"当时我要赶到学校去接孙子放学,没有上楼。"

刘洋凯又问:"陈太,您怎么记得这么清楚?"

陈太答道:"祁先生是个文质彬彬的人,他原来住在一楼,搬到楼上后,在楼板上走路很轻,不吵闹我们,所以我对这次楼上发出的两次响声印象特别深刻。"

刘洋凯说:"陈太,我们上楼去,让楼板发出两次响声,你仔细听听,跟那天的响声比较一下。"

"行。"陈太满口答应。

两人上楼后,陈静美问刘洋凯:"大侦探,你想变什么把戏?"

刘洋凯答道:"既然陈太在楼下听到了响声,那么楼上的人必定有相应的动作,也就是你说的两人有过推搡。"

"你想再现这些动作?"

"对,这叫重建现场。"刘洋凯将那只完好的玻璃杯放在茶几上,自己站在茶几边,对陈静美说,"静美,请你帮帮忙。"

"帮什么忙?"

"用力推我一下。"

陈静美愣着,没有动手。

刘洋凯催促道:"推呀!"

陈静美真的用劲推刘洋凯,刘洋凯身体失去平衡,撞倒茶几,发出沉闷的响声;玻璃杯跟着滑落在地被打破,发出清脆的响声。

陈太闻声上楼来说:"刚才我在楼下听到的两次响声,跟那天的响声完全一样。"

陈静美高兴地问:"陈太,怎么个一样法?"

陈太毫不含糊地说:"第一次响声很沉闷,第二次响声很清脆。"

陈静美眉毛一挑,跟刘洋凯交换了一下眼色,走过去拉着陈太的手说:"陈太,谢谢您!"

陈太走后,陈静美扬扬得意地对刘洋凯说:"大侦探,我说祁再发遇害时两人有过推搡,玻璃杯落地摔破,这下该证明了吧?"

"完全正确!"刘洋凯满意地望着陈静美,"但是,静美,你能根据两人推搡摔破玻璃杯以及祁再发是被掐死的来描述当时的案发过程吗?"

"那我还没有这个本事!"

"只差几步了,你再想想。"

"我想不出来。大侦探,请你告诉我吧!"

刘洋凯于是将案发过程进行了还原:

案发那天,一个认识祁再发的人上楼敲门去找他,祁再发听出是熟人的声音,开门让他进屋,用玻璃杯给他倒了一杯茶;这个人接过玻璃杯,顺手将它放在茶几上,向祁再发索要陨石做的美女雕像,祁再发不给,这个人凶相毕露,去掐祁再发的脖子;推搡中,茶几被撞倒,发出沉闷的响声;放在茶几上的玻璃杯跟着滑落在地被打破,发出清脆的响声。祁再发被掐死后,凶手打开铁皮柜,劫走陨石做的美女雕像,然后清理现场,将玻璃杯碎片堆在墙角,逃离时再将半只玻璃杯扔进垃圾桶。

刘洋凯告诉陈静美,重建案发现场,对案情"正本清源"以后,就可以利用玻璃碎片和半只玻璃杯侦破这起凶杀案。他说完,拿出放大镜仔细查看玻璃碎片和半只玻璃杯。

陈静美凝神静气地看着刘洋凯工作。

刘洋凯终于搁下放大镜,吁了一口气。

"找到指纹了吗?"陈静美关切地问。

刘洋凯一边用胶纸从玻璃碎片和半只玻璃杯上提取指纹,一边对她说:

"找到了四枚指纹。从案发时祁再发递送茶杯和凶嫌接过茶杯的情况看,这些指纹中既有祁再发自己的,也有凶嫌留下的,如果排除了祁再发的指纹,那么剩下的就是凶嫌的指纹。"

陈静美脱口而出:"找到指纹的主人,就找到了凶手!"

离开陈太家,陈静美回到侦探事务所,刘洋凯来到警署,向麦克伦警长报告勘查现场时,找到半只玻璃杯和玻璃碎片,从中提取了四枚指纹,其中可能有凶嫌的。

麦克伦对刘洋凯的工作态度表示赞赏,并主动问道:"您需要我们提供什么帮助?"

"我需要死者祁再发的十指指纹,我想在法医验尸时你们已经提取了。"

"有,那是现成的。"

麦克伦抓起桌上的电话,让人将祁再发的指纹送过来。

少顷,一位女探员走进麦克伦的办公室。当她看见刘洋凯时,惊奇得全身怔住,说不出话来。

还是刘洋凯先开口:"艾丽斯,你怎么到警署来了?"

名叫艾丽斯的女探员端庄大方,体态柔美,眼睛里流露出热情的火焰。

"刘洋凯,你怎么到雅加达来了?"艾丽斯伸出细嫩的手,将刘洋凯结实有力的手紧紧握住。

这一幕让麦克伦警长颇感意外:"怎么,你们俩认识?"

艾丽斯对麦克伦说:"姑父,刘洋凯是我在美国留学时的大学同学,我毕业后,他继续攻读博士学位。"

刘洋凯对艾丽斯说,因一位女同学失踪,他暂停学业,在纽约开办留学生侦探公司,并因工作需要在雅加达设立了侦探事务所。

艾丽斯告诉刘洋凯,她毕业后在雅加达市警察局情报室工作,姑父最近调到警署当警长,她也来基层体验生活。

麦克伦问:"艾丽斯,祁再发的十指指纹拿来了吗?"

"拿来了。"艾丽斯打开档案袋,从中抽出一张卡片。

值班员进来向麦克伦警长报告,鸡市吊桥附近发生凶杀案,麦克伦当即叫来肖恩,指示他带领探员们出现场,艾丽斯跟刘洋凯互留手机号,也去了现场。

麦克伦转向刘洋凯:"刘先生,您看,旧案未破,新案又发,祁再发案既然你接受了女事主的委托,就由您负责主要侦办工作,艾丽斯随时提供帮助,您看可否?"

"警长先生,我听从您的安排。"

"那太感谢刘先生了!"麦克伦对他说,"您不仅在纽约开办留学生侦探公司,还在雅加达设立侦探事务所,对维护社会治安有贡献。"

刘洋凯由衷地说:"多亏警署的支持和帮助。"

麦克伦跟刘洋凯握手,并把祁再发的十指指纹卡片交给他。

朱宏和他身边的女人一直睡到下午一点多钟才醒。

一抹阳光透过窗棂照在他的脸上,使他那鹰钩鼻的轮廓更加分明,细小而机灵的眼睛射出亮光。他十多年前移民印度尼西亚,与一般华人帮派首领不同,他能说一口流利的英语,来雅加达不久,便考到了会计师执照,跻身华人上流社会。

朱宏从报上看到《古董商人被杀,美女雕像失窃》的新闻后,觊觎这件美女雕像,向得力干将吴友光下达任务,尽快摸清雕像的去向。

吴友光持有律师执照,从事调查工作十分方便。

朱宏翻身下床,轻轻给女人盖好薄毯,然后走进浴室洗澡。

他洗过澡刮好脸之后,到办公室跟等候多时的吴友光见面,听取他的报告。

吴友光最后说道:"会长,我查到有个赌场员工跟踪过祁再发的情人陶茹,我认为此人有杀死祁再发、劫走美女雕像的嫌疑。"

朱宏以赏识的目光望着吴友光:"这个情况很重要。你不愧是我们金龙帮的军师!"

吴友光一本正经地说:"我去对这个赌场员工进行监控。"

朱宏摆摆手:"这种事情不用你出马,让'飞机头'去干!"

　　刘洋凯返回祁再发被杀现场。

　　他把祁再发的十指指纹同半只玻璃杯及玻璃碎片上提取的指纹逐一进行比对,正如预料的那样,其中两枚指纹是祁再发的,不言而喻,另两枚指纹是凶嫌留下的。

　　刘洋凯当下的任务,就是根据这两枚指纹寻找它的主人!

　　他于是再次询问祁再发的女友陶茹。

　　陶茹身段匀称,举止娴静,脸庞清秀。

　　刘洋凯对她说:"陶小姐,在这不幸的日子里又找您问话,是为了更进一步了解祁先生的情况。"

　　"您有话就问吧。"

　　她的声音细腻温柔。但刘洋凯从她的眼神可以看出,她还沉浸在丧失爱侣的悲痛之中。

　　"祁先生的美女雕像是从什么人手上买的?"刘洋凯问道。

　　陶茹略带羞愧地说:"祁先生是从一个小混混手上买来的。我没有见过小混混,但我对祁先生说过,美女雕像是用陨石做的,太贵重了,贪便宜买了它是祸害,可他不听,这不……果然惹来杀身之祸……"

　　陶茹悲从中来,呜呜咽咽地低泣着。

　　"陶小姐请节哀。"刘洋凯安慰道,"我还想问一下,听说祁先生最近搬了两次家,是吗?"

陶茹擦干眼泪，说："是的，换了住的地方可以躲开他的外甥。"

"躲开外甥？"刘洋凯觉得有一条破案线索在眼前晃动，不禁重复了一句，"祁先生为什么要躲开他的外甥呢？"

"他的这个外甥很不争气，染上了吸毒的恶习，三天两头找他借钱，借了又不还。"

刘洋凯问："祁先生的这个外甥叫什么名字？在哪里工作？"

"叫汪又贵，在吟珍赌场当杂工。"

"陶小姐，您知道他住在哪里吗？"

"知道。他住在真巴坦杜阿路 13 号，是租的房子。"

询问陶茹后，刘洋凯将汪又贵列入嫌疑对象，着手开展调查甄别。甄别的方法并不复杂：提取汪又贵的指纹，跟那半只玻璃杯和玻璃碎片上的另两枚指纹进行比对。

如何提取汪又贵的指纹？刘洋凯想了个既简单又可靠的办法，但需要得到艾丽斯的帮助。

他打电话将艾丽斯约到祁再发被杀现场，实地重演案发经过，并介绍了案件侦办进展和将汪又贵列为嫌疑对象的理由。

"你现在需要我帮你做什么？"艾丽斯热情而关切地问刘洋凯。

她的姑父麦克伦警长已经把随时给刘洋凯提供帮助的任务交给了她。

"趁汪又贵正在上班，陪我到他的租住屋去一趟，提取他的指纹。"刘洋凯说。

"直接找汪又贵就行了,为什么到他住的地方去?"

"这样做可以先不惊动他,比较稳妥。"

"好吧,我们现在就去。你知道汪又贵住的地方吗?"

"知道。"

身穿警察制服的艾丽斯陪同刘洋凯来到真巴坦杜阿路汪又贵的租住房,艾丽斯敲门。

里面有人应声:"谁呀?"

"警察!"

一位老汉打开门,看见艾丽斯身着警服,连忙请她进屋。刘洋凯也随之进来。

"有身份证吗?"艾丽斯问。

"有,有!"老汉拿出身份证,"我是一个孤老,家里没有别的人。"

艾丽斯接过身份证看了看,随即还给老汉,她指着对面关着房门的住室问:"这一家呢?"

"这一家是租住房,也是一个人。"

"他有身份证吗?"

"他有。租房子时我看过。他叫汪又贵,是华人移民。"

"他在家吗?"

"不在。上班去了。"

　　艾丽斯问老汉有没有备用钥匙,老汉说有。她请老汉打开汪又贵住室的房门,说是要进行安全检查。

　　老汉打开门后,离去。艾丽斯走进汪又贵的卧室,刘洋凯则直奔厨房。

　　他戴上手套,从厨房里拿来玻璃瓶、油瓶、瓷碗,对艾丽斯说:"这都是汪又贵家里不可能被别人接触的东西,上面留下的指纹只能是汪又贵自己的。"

　　艾丽斯会意地点着头,拿起一只玻璃瓶,用放大镜查看。

　　刘洋凯同样用放大镜查看油瓶上的指纹。不一会,他的眼睛闪射出明亮的光辉,对艾丽斯说:"汪又贵家里油瓶上的两枚指纹,跟祁再发家玻璃碎片上的另两枚指纹对上了!"

　　艾丽斯说:"我这里也对上了! 汪又贵果然是杀害祁再发的凶嫌!"

　　"外甥杀舅舅,悲剧啊!"刘洋凯叹道。

　　"汪又贵的作案动机是什么?"艾丽斯的问话带有专业性。

　　"当然是为了劫走陨石做的美女雕像!"刘洋凯答道。

　　"赶快去找汪又贵。他现在在哪里?"艾丽斯急切地问。

　　"在吟珍赌场上班。"

　　"快去找他!"

　　刘洋凯、艾丽斯来到吟珍赌场时,汪又贵正在给操作员陈继威当助手。

一个梳着飞机头发型的年轻人混杂在赌客中,他不看赌桌上的牌,却盯着汪又贵。

赌场经理指着汪又贵对刘洋凯、艾丽斯说:"他就是你们要找的人。你们等等,我去给陈继威打个招呼。"

经理把陈继威拉到一边,说警署的人要把汪又贵带走,陈继威问为什么,经理说有个案子要他协助调查。

陈继威问:"有传唤证吗?"

经理说:"他们说是临时决定的,来不及开传唤证。"

"没有传唤证,他们凭什么抓人?"

"不是抓他,是问问情况。"

"问情况就在这里问,况且今天的生意这么好,汪又贵也走不开呀!"

飞机头一直在旁侧耳细听经理和陈继威的对话。

经理无奈,转身走过来对艾丽斯说:"今天场子里实在太忙,你们又没有开传唤证,这样吧,我把你们领到贵宾室,再把汪又贵带过去,你们先问问他。"

飞机头悄悄走过来,偷听经理和艾丽斯的对话。

艾丽斯用眼神跟刘洋凯交流了一下,刘洋凯对经理说:"你把汪又贵带过来的时候,不要惊动场子里的人。"

艾丽斯强调说:"一定要保证汪又贵的安全!"

经理拍拍胸脯，语气坚定："在我们这里绝不会出事！"

经理把二人带到贵宾室。

飞机头尾随而至，躲在门外。

经理对二人说："你们先坐坐，我去叫汪又贵。"

飞机头蹑手蹑脚地潜入贵宾室隔壁的房间，向窗外张望，像是在观察地形。看了一会儿，飞机头似有所悟，随即离开房间，匆匆走出赌场。

经理把汪又贵领进贵宾室，交代一下，就出去了。

汪又贵刚坐下，刘洋凯劈头问道："美女雕像在哪里？"

汪又贵一怔："什么美女雕像？"

"你舅舅祁再发从小混混手里买的陨石做的美女雕像。"

"你说的话我听不懂。"

"别装蒜！"

艾丽斯正色道："汪又贵，老实交代！"

汪又贵低垂着头，沉默不语。

"汪又贵，你不说，我给你开个头。"刘洋凯让汪又贵抬起头来，"自从你染上吸毒的恶习后，三天两头找你舅舅祁再发借钱，借了又不还，你发现舅舅得到那个陨石做的美女雕像后，于是……"

汪又贵听着，嘴角抽搐一下，显露惊恐之色。

艾丽斯指出："汪又贵，我们今天既然来找你，证明已经掌握了你的情况，你还是自己交代吧！"

汪又贵欲言又止。

刘洋凯用规劝的口气说:"汪又贵,其实并不是你自己要害你的舅舅,是受了别人的指使。你何必要帮他兜着呢!"

"对,对! 是他叫我干的。"汪又贵终于开口了,"我吸毒借了他的钱,他催我还,我没有钱还,他就逼我去杀舅舅,说只要把陨石做的美女雕像搞到手,不仅债务全免,还要另外给我很多钱。"

艾丽斯问:"这个人是谁? 叫什么名字? 住在哪里?"

"我不知道他的名字,也不知道他住哪里。"

"那你怎么称呼他?"刘洋凯提示道。

"叫他黄哥。"

艾丽斯问:"你把陨石做的美女雕像交给他没有?"

"还没有。"

"为什么?"

"黄哥出差刚回来,约我昨天晚上在新都会歌舞厅见面,将美女雕像交给他。昨天晚上,我在歌舞厅等了很久,黄哥还没有来,我就把它交给了别人。"

"交给了谁?"艾丽斯追问道。

"交给了……"

砰! 砰! 砰!

汪又贵话未讲完,突然从窗外射进来三发子弹,他的头部中弹,当场毙命。

　　赌场经理听见枪声,急忙跑进贵宾室,见汪又贵倒在血泊中,喊道:"赶快送医院!"

　　"送什么医院?"艾丽斯瞪着经理,"汪又贵的脑袋都被打碎了,送殡仪馆吧!"

　　经理呆若木鸡。

　　艾丽斯怒斥经理:"我们要把汪又贵带回警署协助调查,你固执,不让带;我们要你保证汪又贵的安全,你拍胸脯说在你们这里不会出事,现在出了人命案,你要负责!"

　　经理更加惊恐:"那我可担当不起!"

　　"还站着干什么? 快去报警!"

　　"您不是警察吗?"

　　"快去报告你们附近警署的摩根警长!"艾丽斯郑重地说,"要对全体员工封锁消息。"

　　"是,是!"

　　经理一溜烟跑开了。

　　艾丽斯转向刘洋凯:"我去打个电话,向姑父报告情况。"

　　"好,我留在这里保护现场。"

　　刘洋凯抬起手腕,看了看手表上显示的时间。

第五章　暗箭难防

吟珍赌场贵宾室内,刘洋凯一会儿看看汪又贵的尸体,一会儿站在窗前向外眺望,后来他在地上拾起一颗子弹头,用放大镜仔细观察。

艾丽斯走进来问:"发现什么情况?"

"捡到一颗子弹头。"

"我听到响了三枪,怎么只发现一颗子弹头?"

"那两颗肯定嵌在汪又贵脑袋里了。"

艾丽斯朝汪又贵的尸体望了一眼:"这个可恶又可怜的家伙!"

刘洋凯问:"报告麦克伦警长了?"

"报告了。他叫我们先处理现场,等候摩根警长来。"

赌场经理把摩根警长领进房间,后面还跟着两名警员。

经理关上房门对摩根警长说:"这就是出事的房间。"他给摩根警长和警员递烟、点火,然后对艾丽斯说,"已对全体员工封锁汪又贵被杀的消息。"

艾丽斯白了经理一眼,说:"如果走漏消息,拿你是问!"经理连连说是。艾丽斯跟摩根警长打招呼,并把刘洋凯介绍给他认识。摩根警长问他们为什么在这里,艾丽斯说为一个案子向赌场员工汪又贵问话,在汪又贵供述的节骨眼上,突然从窗外射进来三发子弹,其中两发打进汪又贵的头部,致使他当场毙命。

"从窗外射进来的子弹……"摩根警长沉吟着走到窗前,将视线投向对面街上的一家旅馆,凝神思考片刻,然后果断地说,"子弹是从对面旅馆六楼射过来的!"他命令部下,"你们两个赶快去对面旅馆六楼,搜查每个房间!"

两位警员立正答道:"是,摩根警长!"

刘洋凯走近摩根警长,建议道:"摩根警长,请叫弟兄们到对面旅馆三楼进行搜查。"

"为什么?"

"子弹是从对面旅馆三楼射进来的。"

"理由呢?"

刘洋凯解释道:

"射进来的子弹是由手枪发射的,而手枪子弹的初速一般维持在每秒十五米左右,然后子弹就在抛物线上飞行。对面旅馆到这个房间的距离大约二十五米,由此推算,就能判断子弹是从旅馆三楼射过来的。"

艾丽斯对摩根警长说:"刘先生是根据弹道学来分析的,我也计算了一下,他说得对。"

摩根警长倒也从善如流,改口道:"那好,我们都去对面旅馆三楼!"

旅馆大堂领班见突然来了多名警察,连忙起身迎接:"各位警官,有何贵干?"

摩根警长说:"搜查你们旅馆三楼的房间。"

"为什么?"领班想问个究竟。

艾丽斯解释道:"有人在你们旅馆三楼向对面的吟珍赌场开枪,打死了一名员工!"

领班摇头:"那怎么可能?"

"怎么不可能?"

"说不定那个人是爬到马路边的树上朝赌场打的枪呢?"

"路边的树都不够高,只有从你们旅馆三楼开枪,才能打到赌场的那间房。"

"艾丽斯探员,别跟他讲道理。"摩根警长冲着领班说,"怎么,不让我们搜查?当心我以妨碍公务罪逮捕你!"

领班十分为难地说:"警官,不是我不让你们搜查,只是住在三楼的客人,有的是度蜜月的新婚夫妻,有的是来雅加达做生意的富商,还有很多旅游观光的客人,如果每间客房都搜查,恐怕……"

刘洋凯带着理解的口吻说:"你们的难处我们知道。这样吧,只检查三楼朝东的三间客房。"

"只检查三间客房?"领班如蒙大赦地说,"行,行,行!"

艾丽斯问:"三楼朝东的三间客房住的是什么人?"

领班拿出登记本:"让我看看。"他一边翻阅一边说,"最东头的一间是 301 号房,是个套间,住了一对度蜜月的新婚夫妻;第二间是 303 号房,是个标准间,住了一位洛杉矶来的客商;第三间是 305 号房,也是标准间,住了一位韩国来的游客。"

摩根警长命令道:"把钥匙拿来,带我们去!"

领班顺从地说:"是,是!"

领班带领众人来到三楼最东边的客房,即 301 号房,见到房门把手上挂着"请勿打扰"的牌子,便问摩根警长怎么办,摩根警长让他敲门。

领班在房门上敲了三下,无人应答,敲第四下时,房间里传出娇滴滴的女人声音:

"谁呀! 没看见门上挂的牌子吗?"

领班对着房门说:"对不起,请开门,警察要临检。"

门终于开了,身穿睡衣、头发蓬乱的女人出现在门口。她打了个哈欠,见到警察,不耐烦地说:

"高高兴兴到雅加达度蜜月,想不到碰到警察查房,真倒霉!"

领班连忙赔礼:"对不起,对不起!"

摩根警长问:"刚才有人来过吗?"

新娘反问道:"'刚才'是指多长时间?"

艾丽斯看看手表:"大约十分钟以前。"

新娘摇着头说:"没有任何人进来。"

艾丽斯问:"有没有听到什么响动?"

新娘又打了个哈欠:"我丈夫出去办事了,我闲着没事干,只有睡觉,什么也没有听见。"

在摩根警长带领警员到房间里检查时,刘洋凯也走进房间,仔细查看了那扇临街的窗户。从窗口虽然能望见对面赌场出事的那间房,但在窗台、窗棂上都没有发现可疑迹象,于是用眼神向艾丽斯示意。

艾丽斯随即在摩根警长耳边讲了一句什么,摩根警长说"撤",大家退出房间。

领班向女人致歉:"对不起,打扰您了!"

女人没有搭理,心怀不满地重重第关上房门。

他们来到隔壁房间,即303号房门口,门把手上没有挂"请勿打扰"的牌子,房间里传出电视机播放的音乐。领班敲门,问里面有没有人,无人应声。领班对摩根警长说,电视机还开着,或许房间里有人。摩根警长指示,不管里面有没有人,用钥匙把门打开!

领班打开303号房,里面没有人,但电视机的音量开到了最大一档。

住在这间房里的客人离开时,忘记关电视机倒不奇怪,但他为什么把音量开到最大?

刘洋凯一边想着这个问题,一边快步走向窗户,拉开窗帘,见窗户靠下一格的玻璃被打破,他从这个破洞里将目光投向吟珍赌场汪又贵被杀害的那个房间,不偏不倚地看见汪又贵被枪杀时坐的那把椅子。

他伸出指头,在被打破玻璃下方的窗棂上抹了一下,放到鼻孔边闻了闻,对艾丽斯说:

"这个窗棂上还残留火药味,窗口正好对着汪又贵坐的那把椅子,表明凶嫌是从这里朝汪又贵开的枪。"

"子弹壳呢?"艾丽斯问。

"没有找到,显然是凶嫌把它带走了,"刘洋凯说,"还有个旁证表明凶嫌是从这间房里开的枪,就是电视机被开到最响,有利于凶嫌掩盖枪声。"

"我也是这么想的。"

艾丽斯说着,走过去关掉电视机。

摩根警长问领班这个房间住的是什么人,领班说是一位洛杉矶来的客商。摩根警长问此人到哪里去了,领班说不知道。摩根警长令他去把客商找回来,领班感到十分为难。

艾丽斯对摩根警长说,洛杉矶客商作案的可能性很小,甚至可以排除。

摩根警长问:"那你们认为凶嫌是什么人?"

刘洋凯说:"从房门及门锁完好无损的情况来看,凶嫌熟悉这家旅馆的环境,可能曾经住过这里,私自配了钥匙或者使用万能钥匙;从案发时间来看,枪杀案是二十分钟前,也就是两点钟左右发生的,凶嫌必定是在这段时间进出这家旅馆的人。这就是说,过去可能住过这里,刚才又出入这家旅馆的人,才是最大的嫌疑对象。"

艾丽斯赞同地点头,并问领班:"两点钟左右,有哪些人进入和离开旅馆?"

领班皱了皱眉头:"我们旅馆客人进出频繁,有住店的,有退房的,有外出办事的,有进来找人的,况且那段时间正是高峰期,我哪里照顾得过来?"

刘洋凯向领班建议:"您可以去问问服务生,让他们回忆那段时间有哪些人进入和离开旅馆,重点是问三楼的服务生。"

"你们不去问?"领班不理解。

"警察去问,怕服务生有顾虑,不能畅所欲言;您去问,比较随和,容易问出情况。"刘洋凯解释道。

"您听到哪位服务生谈到可疑的人和事,可以单独把他带过来。"艾丽斯叮嘱道。

"好,我这就去问他们。"

领班下楼去了。

摩根警长对艾丽斯说:"这起案件是美女雕像案件的拉案,已由你们立案侦查,我们该撤了吧?"

艾丽斯答道:"行,你们去忙吧。但有事还需要你们警署支持配合。"

摩根警长爽快地说:"没问题,随叫随到。"

"摩根警长,还有件技术上的事,请您放在心上。"

刘洋凯拿出子弹头对摩根警长说,枪杀汪又贵的子弹叫作巴拉贝鲁姆弹,它是由勃朗宁 HP 手枪发射的,见到持有这种手枪的人,请随时通知我们。摩根警长爽快地说:"没问题,只要发现勃朗宁 HP 手枪,一定在第一时间告诉你们。"

在摩根警长带领警员离开这家旅馆的时候,那个梳着飞机头的年轻人正在街口打电话。

飞机头说:"老板,'货'已经送走了。"

电话里的声音:"太好了。路上安全吗?"

"平安无事。"停了一下,飞机头又说,"老板,我已买好飞机票,下午就离开这里"。

"你出去避避风头也好。但是,那架失联客机至今还没有消息,乘客生死未卜,我建议你坐船走。"

"谢谢老板提醒,您答应的事情……"

"我没有忘记,马上兑现。"

"你现在在哪里?"

"我在约定的地方。"

"你在那里等着,我让司机开车送过来。"

"谢谢老板!"

飞机头挂断电话,点燃一支烟,深深吸了一口,站在街边等着司机送红包来。

摩根警长走后,艾丽斯问刘洋凯:"学兄,你怎么知道杀害汪又贵的子弹是从勃朗宁 HP 手枪发射的?"

刘洋凯把在现场拾到的那颗子弹头拿给艾丽斯看:

"我是从子弹头上看出来的。弹头是巴拉贝鲁姆弹,这是勃朗宁HP 手枪的专用子弹。弹头上还有弹道痕迹,表明发射它的枪有六条膛线,而且是右旋,这是勃朗宁 HP 手枪的特点……"

谈话间,旅馆领班领着一位女服务生走进房间,神秘地对艾丽斯说:"警官小姐,这个服务生有重要发现!"他转向女服务生,"秋芳,你把刚才对我说的情况再说一遍。"

秋芳怯生生地环顾房内,似乎在看有没有外人偷听。

领班催促道:"秋芳,说吧,这里没有外人。"

秋芳仍然犹豫徘徊,没有开口。

刘洋凯给她拉过一把椅子:"来,秋芳,坐下来说。"

秋芳坐在椅子上:"你们是不是要谈谈在两点钟前后,我看到过什么可疑的人?"

艾丽斯点点头,然后拍拍她的肩膀:"秋芳,如果你了解这方面的情况,请告诉我们。"

秋芳说道:"今天下午大约两点钟的时候,我在三楼走廊打扫卫生,看见一个年轻人匆匆忙忙地上楼来,进了走廊东头的一间客房;几分钟以后,他从房间里出来,又匆匆忙忙下楼去了。"

艾丽斯问:"那个年轻人进了走廊东头的哪间客房?"

秋芳想了片刻:"东头的第二间,也就是 303 号房。"

艾丽斯同刘洋凯会意地互相望了一眼。

"秋芳,那个年轻人注意到你了吗?"艾丽斯又问。

"我想没有。他走得很匆忙,而且低着头。"

"你还记得那个年轻人的长相吗?"

"记得。他经常带女朋友来我们旅馆开房间,上个月还来住过。"

"住在哪个房间?"

"也是 303 号房。"

"你怎么记得这么清楚?"

"他梳着飞机头,油光水滑的,苍蝇落上去都会掉下来。"

艾丽斯禁不住扑哧一笑。她请领班拿来上个月的旅客登记簿,查阅 303 号房曾经住过哪些旅客。

飞机头站在街边,焦急地等待老板派人来。

各种颜色的汽车穿梭行驶在大街上,像一条彩色的河在流动。

飞机头目不转睛地看着这些汽车,想从中发现那辆他熟悉的流线型轿车。

那辆轿车终于开过来了,飞机头赶紧穿过马路,向司机招手,示意停车。

那辆轿车减速滑行,司机从车窗内向他露出笑脸。

飞机头心里十分兴奋:老板真够意思,红包就要到手了！他迫不及待地快步迎上去。

那辆轿车突然加速,从正面撞向飞机头。

司机的狞笑成为飞机头一生中所见到的最后一幅画面。

车轮从他身上碾过,马路上顿时泛起一汪鲜血。

那辆轿车扬长而去……

刘洋凯、艾丽斯正在查阅旅客登记簿,一位服务生走进来问:"谁是艾丽斯警官?"

"什么事?"艾丽斯站起来。

"接电话。"

艾丽斯跟着服务生出去了。

少顷,她回到房间,刘洋凯问:"从电话里听到什么消息了?"

艾丽斯在他对面坐下来:"电话是摩根警长打来的。他的警区内刚刚发生一起车祸,撞死了一个年轻人,死者的口袋内居然有一把勃朗宁手枪。"

"什么型号的勃朗宁手枪?"刘洋凯问。

"勃朗宁 HP 手枪。你嘱咐摩根警长注意发现持有这种手枪的人,他真的在第一时间打电话来了。"

"死者现在在哪里?"

"在验尸房。想去看看?"

"当然。还要带一个人去。"

"带谁?"

"秋芳。"

艾丽斯明白刘洋凯的想法,向旅馆领班打过招呼,带着秋芳,跟刘洋凯直奔验尸房。

第六章　　舞女失踪

汪又贵提到的他和黄哥约定交接陨石做的美女雕像的地点——新都会歌舞厅,原来是一家戏院。

去年,一位华侨领袖在这家戏院看戏时,被刺客将匕首捅进他的心脏,戏演完了,邻座的观众以为他睡着了,喊他不应,摇他不醒,仔细一看,才知道他遭人暗杀。

从此,这家戏院的生意一蹶不振。

华人周义生租下这家戏院,将它改为新都会歌舞厅,表演传统的歌舞。

但是,这种歌舞很难吸引追求时尚的年轻观众。周义生于是决定改变节目的形式,唱靡靡之音,跳艳舞。

新都会歌舞厅今天召开全体员工大会,经理秘书罗西娅告诉大家,周经理将宣布重要决定。

周义生环顾全场,语气沉重地说:

"最近发生的事情大家都看到了,我们歌舞厅的生意日渐清淡,如果不解决这个问题,本歌舞厅只有关门大吉,我和大家都会被炒鱿鱼!"

"我可不愿意失业!"周曼兰激动地说,"周经理,您说怎么办?"

"这个问题其实不难解决,"周义生顿了顿,"观众既然不喜欢我们的传统歌舞,我们就表演时尚的节目。"

"什么是时尚节目?"周曼兰问。

周义生一本正经地说:"所谓的时尚节目,就是迎合时代潮流的节目。当前的潮流是什么?就是唱歌越软绵绵越好,跳舞穿的衣服越少越受欢迎。所以,本歌舞厅决定从今晚开始,唱情歌,跳艳舞,为此成立艳舞队和歌咏队。"

全场一阵骚动,歌手舞女们议论纷纷。

韩云站起来大声说道:"周经理,您是一位正派人,虽然开歌舞厅是想赚钱,但您身上没有商人的铜臭味,却具有令人敬仰的绅士气息。您突然来个一百八十度的大拐弯,岂不是违背了您的初衷?难道不怕同行笑您是见利忘义的伪君子?"

周义生叹了一口气:"韩云,你是了解我的。我本想在当今娱乐行业中出淤泥而不染,把歌舞厅办得既文明,又有品位。但是,不做出改变,歌舞厅就办不下去了!"

"周经理的话有道理!"周曼兰站起来大声说,"常言道,识时务者为俊杰。我拥护周经理的决定!"

韩云问:"周曼兰,你愿意跳艳舞?"

"为了让新都会歌舞厅不关门,也是为了我自己,我愿意!"周曼兰理直气壮地说,"不就是少穿衣服多露肉吗? 有什么了不得的!"

经过一番争论,大部分舞女同意跳艳舞,周义生答应给她们涨工资;不愿意跳艳舞的,周义生也很有人情味,作为辞职处理,发给她们相关费用。

歌手们对唱情歌——靡靡之音,则没有什么意见,都愿意转入时尚歌咏队,由于人数不足,周义生决定对外招聘。

周义生说话算数。散会后,他让请来的教练教舞女们跳艳舞,让导演给歌咏队排练时尚情歌。

艾丽斯、刘洋凯带着秋芳来到验尸房门口,摩根警长正等着。他不认识秋芳,就问艾丽斯:"这小姑娘是谁?"艾丽斯告诉他:"是来辨认死者身份的。"

摩根警长把艾丽斯、刘洋凯拉到一边,对他俩说:"这是一起不寻常的车祸。据目击者说,肇事车先是在路上滑行,然后突然加速,撞到人后迅速逃逸。"

艾丽斯问摩根警长:"死者梳的什么发型?"摩根警长说:"这倒没有注意。"她和刘洋凯走进验尸房,赫然见到死者梳的是飞机头!

艾丽斯当即将秋芳带到验尸房,请她辨认。

秋芳斩钉截铁地说:"今天下午两点钟前后,进入和走出303号房的人就是他!"

根据旅馆住客登记,秋芳说这个人叫胡俊。

确定死者涉案后,摩根警长将胡俊的手枪、钱包交给了艾丽斯。刘洋凯使用勃朗宁 HP 手枪试射了一发子弹,子弹头的弹道痕迹,同汪又贵被杀现场的子弹头的弹道痕迹认定同一!

"人证物证俱在,这个梳着飞机头的年轻人胡俊是枪杀汪又贵的头号凶嫌,可惜他已经死了!"艾丽斯不无遗憾地说。

"这样一来,给我们的侦查工作增添了障碍与困难。"刘洋凯充满哲理地说,"但是,障碍与困难是通往破案之路的垫脚石!"

刘洋凯从胡俊的钱包里找到一张纸条,上面写的两个字好像是人的名字,他请艾丽斯回警署查询。

刘洋凯回到侦探事务所,告诉陈静美,新都会歌舞厅既然是汪又贵同黄哥交接陨石做的美女雕像的地点,里面必有"文章"可做。

陈静美于是来到这家歌舞厅门口,驻足观望歌舞厅成立时尚歌咏队招收艺员的海报。

海报上写的"特聘法国归来的艺术家叶影先生担任导演"引起陈静美的注意。她在中学读书时的音乐老师也叫叶影,当年的那位叶老师和歌咏队的叶导演只是同名,还是同一个人?

陈静美怀着好奇心走上新都会歌舞厅门的台阶。保安问她是不是来报名的,她信口说是的,保安员就让她进了门。

她看到舞台上有个举止洒脱的男人正在给几个女演员做示范动

作。当他的头转向这边时,陈静美立即认出他就是教过她音乐课、发掘她的演艺才能的老师叶影,不禁喊道:"叶老师!"

叶影闻声走下舞台,看见陈静美,感到非常意外。

朱宏把吴友光找去,对他说:"汪又贵是我们金龙帮的成员,他死了,我们反倒可以直接跟警方联系了。你有律师执照,可以向警方查询情况。"

吴友光说:"会长,那我到警署去打听一下。"

朱宏指示:"你要经常去那里查看,从中发现线索。"

吴友光来到麦克伦的办公室。他大声大气地寒暄道:"麦克伦警长,在忙啊?"

"吴律师,无事不登三宝殿,有何贵干?"

"汪又贵是金龙帮的成员,我受会长委托,想了解一下他的情况。"

麦克伦递给吴友光一杯咖啡:"汪又贵杀死舅舅祁再发,并劫走了陨石做的美女雕像。"

"有证据吗?"吴友光问。

"有现场指纹和汪又贵本人的口供。"

"汪又贵呢?"

"被人打冷枪灭了口。"

"打冷枪的人呢?"

"被汽车撞死了。"

"案情这么复杂?"吴友光不由得皱了皱眉头。

"多亏那位华人侦探,我们才这么快摸清了案件的来龙去脉。"麦克伦流露出感激之情。

陈静美回到侦探事务所,刘洋凯对她说:"现在有个紧急任务,刚才有一位吴经理找到我,他说妻子乘坐的那趟航班至今杳无音信,他家里的保险柜打不开,请你帮他打开保险柜,他在家里等着我们。"

陈静美的父亲是锁匠,她也继承了家传技艺,只是多年来很少开保险柜,业务荒疏,便对刘洋凯说:"你先去,我准备一下,随后就来。"

"准备什么?"刘洋凯问。

"用我们所里的保险柜复习一下,并把我的工具找出来。"

一台笨重的保险柜立在吴经理家的客厅里。

刘洋凯对吴经理说:"打开保险柜的办法有两个,一个是硬办法,一个是软办法。"

"此话怎讲?"吴经理问。

刘洋凯用温和的声音说道:

"所谓硬办法,是指无后顾之忧的一次性买卖。可以使用手钻、焊枪,甚至炸药,只要能打开保险柜,把里面的钱财或其他贵重物品弄出来就行。相对来说,这种办法比较容易。可软办法就不同了,既要打开保险柜,又不能让保险柜的主人察觉,这就要求不能使用任何破坏性工具,甚至螺丝刀也不能用。只能采取两种办法,一是设法偷到钥匙或了解密码数字组合,二是靠两只耳朵和一双手。"

吴经理指着眼前的保险柜说:"我老婆不在家,我找不到钥匙,密码数字组合也忘记了,想打开这台保险柜,看来只能靠耳朵和手了。你的那个女助手有这个本事?"

刘洋凯点点头。

吴经理不以为然:"保险柜有二级、一级和特级几个等级,二级、一级都让人望而却步,何况这台保险柜是特级,一个黄毛丫头怎么打得开?"

"要是这个黄毛丫头身怀'三寸绝技'呢?"刘洋凯说。

"三寸绝技是什么意思?"吴经理一头雾水。

刘洋凯解释道:"我的助手用来打开保险柜的工具是三寸长的金属杆,因而称为三寸绝技。"

吴经理煞有介事地对刘洋凯说:"如果你的女助手能够打开这台保险柜,我从柜里拿出一只'小黄鱼'送给她!"

"吴经理说话算数?"刘洋凯当然知道"小黄鱼"就是金条。

"说一不二!"

这时,保姆带着陈静美走进来。

吴经理第一次见到陈静美,打量这个"开锁女郎"。

她那明澈的眼睛闪着甜甜的波光,嘴角挂着诚挚的笑意,她的皮肤嫩白,胸部隆起,曲线优美,周身散发出青春的气息。

陈静美跟刘洋凯、吴经理打过招呼后,径直走向保险柜。

保险柜一般分簧片式、旋钮式两种类型。陈静美经过几分钟的观察,断定这台保险柜属于簧片式。

她双膝跪地,耳朵紧贴在保险柜的钢门上,一只手握住门把手,一只手转动圆码盘,全神贯注地听着,过了片刻,她从口袋里拿出一根三寸长的金属杆,将它插进锁孔,朝四周慢慢转动……突然,她紧锁的眉头扬开了,直起身子,对吴经理说:

"吴经理,保险柜可以打开了。"

吴经理半信半疑地上前一步,去拉保险柜厚重的钢门,果然开了!

围观的人们禁不住鼓起掌来。

被打开的保险柜在阳光映的照下金光灿灿,除了几本契约,里面全是金条!

吴经理从中拿出一只金条,对陈静美说:"陈小姐,这是给你的赏金!"

"太贵重了,我不能要。"陈静美诚恳地说,"我只拿开锁费。"

保姆送走陈静美后,刘洋凯拿出从胡俊钱包里发现的那张纸条,递给吴经理:"纸条上写的两个字像是一个人的名字。胡经理交游广泛,看认不认识这个人。"

吴经理看到纸条上写的"白莹",当即说道:"这是个女人的名字,我认识她。"

"你认识?"刘洋凯喜出望外,"为了寻找这个人,警署的探员查过居民登记表,没有查到,麦克伦警长说可能是非法移民,他们都是黑户口,查不出来。"

"是的。白莹确实是非法移民,她在新都会歌舞厅当舞女。"

新都会舞厅?这可是陨石做的美女雕像的交接地点!刘洋凯仿佛看到一条线索浮出水面。

"新都会歌舞厅经常是晚上营业,你今天晚上就去找白莹。"吴经理说。

"谢谢吴经理提示。"

吟珍赌场按照警方的要求封锁了汪又贵死亡的消息,白莹在赌场没有找到汪又贵,就再次来到他的租住屋。

"阿伯,阿伯!"白莹敲门。

房东老汉打开门,见是汪又贵的女朋友,招呼道:"阿莹小姐,你还没有见到阿贵?"

"是啊,他不在赌场。"白莹忧心忡忡。

"那他会到哪里去呢?"房东老汉也感到很奇怪。

"阿伯,阿贵还没有回家吗?"

"一直没有回来。"

"阿伯,打扰您了!"

汪又贵被杀后,朱宏为查找陨石做的美女雕像的去向,一方面指示吴友光以律师身份向警方查询情况;另一方面从金龙帮里挑选认识汪又贵女友白莹的人,实施一个秘密计划。

一个名叫罗彬的年轻人,此刻正坐在附近的小餐馆内。他奉朱宏之命寻找白莹,去了几个地方没有找到,猜想白莹会到汪又贵的租住屋来,就守在这里等候,她果然出现了。

白莹告别房东老汉,朝这边走来时,罗彬喊道:"白莹,白莹!"

白莹的表情愕然:"罗彬,你怎么在这里?"

"我到新都会舞厅去找你,你不在,我想你可能会到这里来找汪又贵。"

"我有两天没有见到阿贵,不知他到哪里去了。"

"你怎么不问我呢?"

"你知道阿贵的去向?"

"当然知道。我们边吃边谈。"

罗彬让服务生加了一副餐具,又点了两个菜。

"汪又贵吸毒的习惯改了没有?"罗彬问。

白莹叹了一口气:"怎么改得了! 叫他不吸毒,他偏不听,薪水花光了,我赚的钱也贴进去了,还不够,还要借债!"

"这不,麻烦来了,汪又贵被债主抓去了!"

白莹吃了一惊:"真的?"

"哪能有假?"

"那怎么办?"白莹焦急地问。

罗彬皱起眉头。

餐馆一角,韩云吃完饭,转身准备离去,看到白莹和一个陌生男子在一起,招呼道:"白莹,你也在这里?"

"云姐,你怎么来了?"白莹对罗彬说,"她是我的同事韩云。"又向韩云介绍,"这位是罗彬先生,汪又贵的朋友。"

"罗先生,您好!"

"韩小姐请坐。"罗彬招呼服务生拿餐具。

"我已经吃过了。"

韩云坐下,从手袋里掏出一支烟,叼在嘴边,又掏出打火机,打了几下,没有油了。

"我这里有打火机。"

罗彬掏出打火机递给韩云。

"谢谢。"韩云用打火机点着香烟,欣赏打火机的图案,"好漂亮的打火机! 罗先生,送给我好吗?"

罗彬迟疑了一下:"好……好吧。"

"那就谢谢罗先生了!"韩云将打火机放进手袋里,"白莹,你跟罗先生慢用,我先走了。"说完她一阵风似的离去。

白莹忧心忡忡地问罗彬:"阿贵的事怎么办?"

罗彬为难地摇摇头。

"彬哥,你是阿贵的好朋友,你就帮帮忙,让债主把他放了,借的钱分期偿还。"白莹恳求道。

"我哪有那么大的面子？那个债主谁的话都不听，只听我们宏爷的。"

"那就麻烦你带我去见宏爷，请他帮忙说说情。"

"我带你去见宏爷可以，但你要带见面礼。"

"什么见面礼？"

"我说白莹，你是不是装糊涂？"

"我怎么装糊涂？"

"这个见面礼，你心里比谁都清楚，"罗彬放下筷子，抹了一把嘴唇，"就是汪又贵交给你的陨石做的美女雕像！"

白莹心里有数，但故作惊讶："什么陨石做的美女雕像？你怎么越说越玄！"

"你就继续装糊涂吧，也不要去见宏爷了，让债主发落汪又贵吧！"

罗彬叫来服务生，结了账，站起来："白莹，我有事先走了，你慢用。"

白莹也站起来："我也要去上班了。"

两人一起出门。话不投机半句多，两人默默地走了一程。

街边停着一辆汽车。罗彬的同伙阿超抱着胳膊站在打开的车门外。

罗彬用眼神向阿超发信号。当白莹走近汽车时，阿超用布袋蒙住她的头，将她拖进汽车里。

第七章　夜访舞厅

新都会歌舞厅自改唱情歌、跳艳舞,客人增多了,周经理的荷包鼓起来了。

厅内座无虚席。热烈奔放的音乐声中,顾客们一边喝着饮料,一边观看表演。

一位女郎正在跳艳舞。她的双手打着节拍,腰肢不停地扭动,舌头尖在红润润的嘴唇上打着圈,长长的秀发如一股黑色的激流向上抛去。强烈的灯光下,她半露的乳房和粉白的臀部闪闪发光。

刘洋凯来到新都会歌舞厅,正要进门,被保安员拦住:"先生,请出示门票。"

"我有事找你们经理,没有买票。"刘洋凯说。

"你是警察?"

"不是。"

"不是警察就要买票。"

保安用脚拦住大门,不让刘洋凯进入。

经理秘书罗西娅见状走过来,问保安员:"阿强,怎么回事?"

"这位先生想找周经理,他没有买票,又不是警察,所以我不让他进去。"

"请问小姐您是?"刘洋凯问。

"我是周经理的秘书罗西娅。"

刘洋凯掏出侦探执照:"我不是警察,但有这个证件,你看行吗?"

罗西娅接过证件一看:"哦,您是华人大侦探刘先生,请跟我来。"

"那就谢了!"

罗西娅将刘洋凯领进经理室,对周义生说:"周经理,华人大侦探刘先生有事找您。"

周义生中年发福,身上穿的休闲服装把隆起的腹部绷得圆鼓鼓的。他指着沙发对刘洋凯说:"久仰刘先生大名,请坐。来点什么?咖啡还是啤酒?"

刘洋凯说:"有杯茶就行了。"

罗西娅将茶递上,然后拿出纸、笔准备做记录。

"谢谢。"刘洋凯问,"周经理,白莹是在您这里上班吗?"

"是在这里。"

"她今天来了吗?"

"没有。她已经两天没有来上班了。"

刘洋凯一怔:"以前有过这种情况吗?"

"没有。她从来不缺勤。"

"那您有没有了解她为什么没有上班?"

"白莹是我们这里的金牌舞女,她不来上班,是我们歌舞厅的损失,我当然要打听她的去向。可是,四处打听,都没结果。"

刘洋凯又问:"周经理,您最后见到白莹是什么时候?"

周义生想了一下,说:"前天晚上。她在我们歌舞厅跳的艳舞,舞步独特,粗犷奔放,令全场观众为之倾倒。跳完后,她就下班回家了。"

"周经理,能谈谈您对白莹的印象吗?"

"行。白莹的父母双亡,她来雅加达投靠汪又贵。当时我们歌舞厅正在招人,因她肌肤雪白,美艳动人,能歌善舞,在应聘时表现出色,我就录用了她。白莹是个很敬业的姑娘,在台上跳艳舞十分认真,不跳舞时,就给客人送饮料。"周经理谈到这里,话锋一转,"侦探先生,我们的艳舞是健康舞蹈,绝对没有色情成分,您可以带夫人来看看……"

刘洋凯打断他的话:"有没有客人跟舞女约会的情况?"

"我们这里的客人大多是有身份的人,他们不跟舞女约会。只有一部分客人是'馋猫',等着跟跳完舞的姑娘约会。但我这里有规定,谁在工作时间跟客人约会,我就开除她!"

"要是舞女不在工作时间跟客人约会呢?"

周义生无可奈何地笑了笑:"那我就管不了了。姑娘们离开歌舞厅,在外面干什么,是她们自己的事……"

　　白莹被绑架到特里蒂斯大街一幢绿色房子里。

　　她遭歹徒阿超绑架时拼命反抗,被阿超用重物击昏,现在才醒过来。

　　白莹蜷曲身子躺在床上。她的双手和脚踝都被绳子紧紧地捆绑着。

　　白莹吃力地蠕动身子,从床上坐起来。

　　周围没有声响。寂静中,她能听见自己的呼吸声。

　　她发现自己衣着完整,身体也没有什么不适之感。她想,自己还没有被强暴。

　　那么,歹徒为什么要绑架她?

　　一定是为了陨石做的美女雕像!

　　但她不能说。什么也不能说。

　　门外传来脚步声。

　　白莹侧耳细听。

　　脚步声越来越响。

　　白莹的心猛烈跳动起来。

　　阿超像幽灵一样出现在她的面前。他手中拿着一根藤鞭。

　　白莹觉得,他就是绑架她的歹徒。

　　"你该和我们谈谈吧?"阿超闷声闷气地说。

　　"我跟你没有什么可谈的。快放我出去!"白莹的声音里有一股怒气。

"陨石做的美女雕像在哪里?"

"我不明白你在说什么!"

"放明白点,白莹小姐。"

阿超玩弄着手中的藤鞭。

白莹扭过头来。

"白莹小姐,对付一个女人用不着太多的刑具,只需一根藤鞭,就会让她遍体鳞伤,疼痛难忍。你还是快点说吧!"

白莹仍不答理。

阿超的手腕轻轻一扬,藤鞭就像蛇一样舞动,其尖端离白莹的脸庞还不到一厘米,她的头本能地向后一缩。

阿超见状大笑:"白莹小姐,我这藤鞭最喜欢吃女人脸上的脂粉。如果你的脸被它抽花了,可就再也当不成艳舞皇后了!"

"卑鄙!"白莹愤然地说道。

"别不识抬举! 再不说出陨石做的美女雕像藏在哪里,我就对你不客气!"

阿超咆哮起来,像发怒的恶魔一样挥舞藤鞭向白莹的脸上抽去⋯⋯

"住手!"

罗彬不知从哪里冒出来。

他夺下阿超手中的藤鞭:"你怎么能这样对待白小姐?"

阿超故作惊讶："彬哥,你怎么知道白莹在这里?"

"我在新都会歌舞厅没有见到她,就猜想一定是因为她是阿贵的女朋友,阿贵欠了你们老板的债,你们把她抓去了!"

"阿贵告诉老板,要用陨石做的美女雕像抵债,并说那个美女雕像在她手上,可她硬是不开口!"

阿超跟罗彬一起演双簧给白莹看。

罗彬弯下腰对白莹说:"白莹,别固执了,为了阿贵,也为了你自己,快把陨石做的美女雕像交给他们吧!"

"杀人偿命,借债还钱,这道理走遍天下都说得通!"阿超猛地抬高了音调。

罗彬告诉白莹:"把美女雕像交出来,阿贵和你都没事了!"

白莹咽了一口唾液,然后说:"要我开口,你们必须把阿贵带过来见我!"

罗彬、阿超面面相觑。

刘洋凯继续询问新都会歌舞厅经理。

"周经理,你规定舞女们不得在工作时间跟客人约会,白莹有没有违反规定?"

"她在我这里从来不跟客人约会。"

刘洋凯又问:"在你们歌舞厅,最后见到白莹的是谁?"

周义生想了想:"那得问问跟白莹一起的姑娘。想跟她们谈谈吗?"

刘洋凯点了点头,并向周义生索取了一张白莹的照片。

周义生对罗西娅说:"你把刘先生领到更衣室,他要向姑娘们了解一些情况。"

罗西娅优雅地向刘洋凯打了个手势:"请跟我来。"

台上,表演艳舞的女郎摆出撩人的姿势,对着观众上下收缩小腹。台下,穿紧身衣的女招待从这张桌子绕到那张桌子,向观众送饮料。令人心旌摇曳的爵士乐在玻璃杯叮叮当当的撞击声中回荡。一位白人看了艳舞女郎的表演激动不已,情不自禁地走到台边,将一张钞票塞进女郎的吊袜带里。

更衣室在舞台后面,一头连着舞台入口,用厚厚的布帘分隔;一头连着通道,门关着。表演完毕的舞女可以从后台直接回到更衣室,候场的舞女也可以由这里登上舞台进行表演。

罗西娅领着刘洋凯穿过通道来到更衣室外。她敲了敲门,一位正在化妆的舞女探出头来,两人叽里咕噜说了几句。罗西娅掉头对刘洋凯说:"侦探先生,可以进去了。"

刘洋凯说:"罗西娅小姐,谢谢你。"

罗西娅陪同刘洋凯走进充满浓烈脂粉气味的更衣室,几位正在化妆的舞女惊异地望着刘洋凯,其中一位舞女立即用双手捂住乳房,转过身子,背对着他。

罗西娅将刘洋凯介绍给舞女们,说他是华人大侦探刘先生,想了解白莹的情况。

刘洋凯问："你们认识白莹吗？"

"白莹？我们当然认识，她是我们这里的头牌！"一位舞女赞叹道。

"白莹怎么啦？"另一位舞女很惊讶。

刘洋凯问："她最近有没有来上班？"

第三位舞女答道："白莹有两天没来上班了。"

刘洋凯又问："你们有谁跟白莹比较亲近？"

舞女们纷纷表白：

"我刚来，跟白莹接触不多。"

"我跟白莹也只是点头之交。"

"我跟白莹比较熟，但我前几天请了假，没有见到她。"

一位汗涔涔的舞女匆匆返回更衣室，边走边脱掉胸罩，硕大的乳房颤动着，突然发现更衣室里居然有一个陌生男子，连忙重新穿上胸罩，不解地问身旁的一位舞女："这个男人跑到更衣室干什么？"

"他是侦探，来了解白莹的情况。"那位舞女解释道。

另一位舞女对她说："韩云，你是白莹的好朋友，这两天见到她了吗？"

名叫韩云的舞女答道："没有。"

刘洋凯问："韩云小姐，你最后见到白莹是什么时间？"

韩云思索片刻，说："前天中午。"

"在什么地方?"

"一家餐馆。"

"能谈谈当时的情况吗?"

"可以。"

韩云对刘洋凯说:"前天中午,我在一家餐馆吃饭,吃完饭准备离开的时候,我看见白莹和一个年轻人也在这家餐馆吃饭,就走过去打招呼。我有饭后抽烟的习惯,掏出了香烟和打火机,却发现打火机没油了,那个年轻人就把他自己的打火机递给我。"

刘洋凯问:"那个年轻人叫什么名字?"

"不知道。只记得他姓罗。"韩云答道。

"他是不是你们歌舞厅的常客?"

"不是。"

"你以前见过他吗?"

"没有见过。但我觉得白莹跟他不陌生。"

"何以见得?"

"白莹同他在一起的时候并不局促。"

"他们都谈了些什么?"

"我是准备离开餐馆时才看到白莹的,餐馆当时又闹哄哄的,我没有听见他们谈的话。"

停顿了一下,刘洋凯说:"韩云小姐,这是你最后一次见到白莹?"

韩云的语气里略带伤感:"是的。那天晚上,白莹没有上班,我再也没有见到她。"

"那个罗姓年轻人的长相有什么特点?"刘洋凯又问。

韩云边想边说:"他有二十六七岁,高高的个头,微方的面庞,有一种粗犷豪爽的气质。"

"韩云小姐,还有一个问题:那个年轻人递打火机给你点烟时,你看过那是什么牌子的打火机吗?"

"哟,侦探先生,你这倒提醒了我。当时我看到那个打火机的图案很漂亮,就说,罗先生,能送给我吗?"

"他答应了?"

"他稍稍犹豫了一下,把打火机送给了我。"

"那个打火机还在吗?"刘洋凯问。

"还在。"

韩云走向壁柜,从其中一格抽屉里取出手袋,打开拉链,掏出一个打火机。

"就是这个打火机。"韩云将打火机递过去。

刘洋凯接过打火机。

打火机上的图案很精美,下方印着一行字:草埔咖啡馆赠。

顾名思义,刘洋凯推测这家咖啡馆一定在雅加达著名的唐人街——草埔。

"韩云小姐,这个打火机可以借给我吗?"

"你拿去吧!"

刘洋凯谢过韩云,并记下同她联系的电话号码,离开更衣室。

印度尼西亚盛产咖啡,人们普遍爱喝咖啡,如同中国人喜欢喝茶一样。

果然不出刘洋凯所料,那家咖啡馆位于草埔。他向经理说明来意,出示打火机。

经理看了一眼打火机,以肯定的口气说:"侦探先生,这个打火机确实是我们咖啡馆的赠品。"

"这样的赠品打火机,你们咖啡馆发放了多少?"刘洋凯问。

"哦,数量不少,大概有一两百个吧。"经理答道。

"发给什么人?"

"一般都发给熟客,经常光顾我们咖啡馆的客人,也发给虽不常来我们咖啡馆,但有身份的客人。"

"这些客人您都认识吗?"

"大部分认识。当然也有不认识的。"

"有一位姓罗的客人,二十六七岁,高高的个头,微方的面庞,有一种粗犷豪爽的气质,您认识他吗?"刘洋凯向经理转述韩云提供的罗姓年轻人的体貌特征。

"他呀,我认识,"经理脱口而出,"他叫罗彬。"

刘洋凯暗喜,又问经理:"您知道他干什么工作,住在哪里吗?"

"我只知道他是宏爷手下的红人,其他情况不清楚。"经理思索片刻,"对了,罗彬跟我们的女招待阿露的关系不错,她可能知道一些情况。"

经理叫来女领班,问阿露今天有没有上班,女领班说她今天上的是白班,已经下班了。

经理告诉刘洋凯:"要找阿露,只有明天白天来。"

刘洋凯回到侦探事务所,简要向陈静美介绍了案件侦查的进展情况。

陈静美望着刘洋凯说:"大侦探,你通过一个打火机,查到白莹失踪前接触的那个年轻人叫罗彬,这种方法叫作'以物找人'吧?"

"完全正确!"刘洋凯赞扬道,"看来你对侦探技术的了解越来越多,可以独当一面了。"

陈静美心里乐滋滋的:"跟大侦探在一起,受到熏陶,但离独当一面还差得很远。"她又说,"你对罗彬的调查才开始,明天还得去那家咖啡馆。"

"是啊,但愿能见到那个叫阿露的女招待,她能提供罗彬的有关情况。"

"大侦探,现在谈谈我的一个想法,行吗?"陈静美问。

"当然可以。"刘洋凯诚挚地说。

陈静美于是谈起新都会歌舞厅正在招收艺员,担任歌咏队导演的是她的中学音乐老师叶影;为了深入了解这家歌舞厅的情况,她想报名参加歌咏队。

"你想到新都会歌舞厅当歌手?"刘洋凯不以为然,"虽然这家歌舞厅是陨石做的美女雕像的交接地点,白莹又是那里的舞女,但是,我今天晚上亲眼看到她们跳的是艳舞!"

"跳艳舞的只是一部分艺员,更多的艺员表演的是时尚歌舞节目,你可能没有看到。"陈静美辩解道。

"虽然你有表演天赋,但我不同意你去!"

"跳艳舞我也不会同意。但如果是唱情歌——爱情歌曲,我倒认为没有什么不可以的。常言道,不入虎穴,焉得虎子?如果不打入新都会歌舞厅,就难以获得有价值的线索,更何况那里并不是虎穴!"

刘洋凯思索片刻:"静美,你这么说,倒有一定道理。"

陈静美甜美地一笑:"你同意了?"

次日,刘洋凯又去草埔的那家咖啡馆,见到了女招待阿露,向她打听罗彬住在哪里。阿露说,罗彬住在特里蒂斯大街一幢绿色房子里,不久前罗彬带她到那里去玩过。

阿露还说,那幢房子是宏爷的房产,因为是绿色的,很容易找到。

那是一幢两层的小洋房,漆成绿色的墙面在阳光下格外惹眼,站在窗前可以看到雅加达湾。

然而,此刻房间里的两个人谁都没有去观赏那碧波万顷闪闪发光的海湾。

　　白莹浓密的长发覆盖在枕头上，黑压压的一片，一丝不挂的胴体雪白，呈"大"字形被绑在床上，口里塞着布团。

　　白莹被绑匪折磨了一夜，疲惫不堪，已沉沉睡去。

　　绑匪阿超筋疲力尽地歪倒在沙发上，也睡着了。

　　罗彬从外面走进来，叫醒阿超。

　　阿超揉着眼睛问："彬哥，有事吗？"

　　"出来一下。"

　　两人来到隔壁房间。

　　"彬哥，什么事？"

　　"快离开这里。"

　　"为什么？"

　　"那天绑架白莹之前，我在一家餐馆遇到白莹的一个女同事，她点烟打火机没油了，我就把打火机借给她，她看到图案设计得漂亮，就把打火机要走了。"

　　"一个打火机值不了几个钱，那女人拿去算了。"阿超认为这事不值得一提。

　　"那可不是普通的打火机，是草埔咖啡馆的赠品。"罗彬道出咖啡馆的名字。

　　"赠品又怎么样？"

　　"得到赠品打火机的人都是那家咖啡馆的熟客，如果侦探找到白莹的那个女同事，就有可能通过那个赠品打火机去找咖啡馆的老板，从而查到我们住的这个地方。"罗彬忧心忡忡地说。

阿超沉吟片刻:"嗯……是有点不妙。那我们往哪里搬?"

罗彬悄声说:"宏爷已经给我们安排了一个地方,我们现在开车过去。"

"你开车?"

"怎么,瞧不起?"

"该不会出车祸吧?"

"保证安全!"

"现在就走?"

"对。你去把白莹弄出来,我去发动汽车。"

"把白莹也带过去?"阿超不同意,"这女人什么也不肯说,留着她是个包袱,不如把她干掉算了!"

"那可不行!"罗彬制止道,"汪又贵死了,白莹就是唯一知道陨石做的美女雕像下落的人,必须撬开她的嘴!"

"那……好吧。"阿超仍然耿耿于怀。

罗彬叮嘱道:"一定要把白莹捆紧,眼睛蒙住,嘴巴堵严,不让她在路上乱说乱动。"

阿超回到白莹所在的房间。

白莹已经醒来,木然地盯着阿超。

阿超走近床边,白莹直摇头。由于口里塞着布团,她想说的话变成了沉闷的哼声。

　　阿超知道白莹想说什么,冲着她说:"白莹,你别摇头,我现在没有时间对你干什么,我们现在要搬家。"

　　阿超把白莹的衣服扔给她,示意她穿上,然后将她的双手捆绑在背后,并蒙住她的眼睛。白莹拼命反抗,阿超打她的耳光;白莹也不甘示弱,踢了他几脚。

　　一辆黑色小轿车从特里蒂斯大街绿色房子里开出来,向路口驶去。

　　开车的是罗彬。阿超和白莹坐在后面。

　　白莹被捆绑双手,蒙住眼睛,口里塞着布团。

　　刘洋凯从咖啡馆女招待阿露那里获知罗彬住在特里蒂斯大街一幢绿色房子里,便骑着摩托车赶往那条街。

　　那辆黑色小轿车拐向洛丹大街时,罗彬发现窗帘没拉上,大骂阿超;他一走神,轿车同刘洋凯骑的摩托车擦身而过,差点撞倒刘洋凯。

　　司机的鲁莽令刘洋凯十分反感,他看了看车牌号牌:0728。

　　刘洋凯继续骑车前行,进入特里蒂斯大街。路边的餐馆生意兴隆。

　　一幢十分醒目的绿色房子映入刘洋凯的眼帘。他停下摩托车,指着这幢房子问一位餐馆老板:"请问,这是宏爷的房子吗?"

　　"是的,但宏爷不在这里住,房子由他的一个手下看管。"餐馆老板答道。

"那个手下是不是姓罗?"

"对,姓罗,叫罗彬,经常要我们送外卖。"

"他在屋里吗?"

"刚刚开车出去。"

"是那辆黑色小轿车?"刘洋凯指着远去的车,问道。

"就是那辆车。"

"车上有些什么人?"

餐馆老板想了一下,说:"除了罗彬,还有阿超,还有……一个姑娘,眼睛被蒙住了。"

餐馆老板叫伙计给罗彬送外卖时,罗彬每次付钱都要打折扣,餐馆老板对此很不满,加上罗彬经常带不同的女人回屋里过夜,餐馆老板更是看不惯,便对刘洋凯实话实说。

刘洋凯听说车上有被蒙住眼睛的姑娘,认定是被绑架的白莹,他谢过餐馆老板,骑上摩托车,去追那辆黑色小轿车。

那辆车已不见踪影。

刘洋凯并不气馁,继续骑车前行。

第八章　追踪绑匪

一辆巡逻警车行驶在洛丹大街上。

巡逻警车由警员西蒙驾驶。摩根警长坐在后座,他例行公事地扫视来往车辆和行人。

西蒙搭讪道:"摩根警长,您在警署坐镇指挥就行了,为什么要亲自上街呢?"

摩根警长说:"西蒙,你刚来,不知道我的习惯,局长把这一带交给我管,每天出来蹓一蹓,心里才踏实!"

"您的这种敬业精神,真是值得我们晚辈学习啊!"

"少说废话,注意开车!"

巡逻警车的前方,行驶着那辆劫持白莹的小轿车。

阿超从后视镜中似乎看见了一辆警车,他以为看走了眼,定定神,又眨眨眼,然后扒开车后的窗帘直接望过去,证实确有一辆警车向这边开来,忙对罗彬说:"彬哥,后面有一辆警车!"

"我看见了。"

被蒙住眼睛的白莹听说后面有警车,拼命挣扎。

阿超用力按着她的头,把她推到座位下面:"放老实点,不然老子掐死你!"

阿超问罗彬:"后面的警车该不会是冲着我们来的吧?"

"我想不会。"

"你不是担心那个赠品打火机吗?"

"那……好吧,我加大油门,甩开警车。"

罗彬猛踩油门,小轿车向前冲了一段路,突然哼了一声,熄了火,趴在路上不动了。

阿超埋怨道:"彬哥,你的水平太差了!"

"哪能怪我?只怪这辆车老掉牙,跑不快,你硬要它跑快,它就不干了。"

"车熄了火,怎么办?"

"我再打打火。"

罗彬给车"点火",车子打了几个喷嚏,还是发动不起来。

巡逻警车开过来,摩根警长看到马路中间停着一辆车,叫西蒙把警车拐到路边停下,走下车去查看。

罗彬看见警察朝这边走来,警觉地掏出手枪。

阿超也掏出手枪。

白莹拼命叫喊,但喊不出声音来。

她伸出手想去拉开车门,被阿超狠狠击了一拳。

摩根警长走到小轿车一侧，朝驾驶室问道："怎么回事？"

罗彬支支吾吾地说："这车……突然熄了火。"

摩根警长又问："要不要帮忙？"

"不……不用。"

"你这车停在马路当中，影响交通。"因隔着窗帘，摩根警长看不见车内的情况，问，"车上还有人吗？"

"没……没人。"罗彬搪塞着。

白莹拼命反抗，想让警察知道。

罗彬暗示阿超，立即制止白莹。

白莹继续反抗，被阿超用枪托打昏。

摩根警长听到车内有响动，走过来问："车厢里怎么有响声？"

罗彬心虚地说："那……那是一条宠物狗，它饿了。"

提起宠物狗，摩根警长的兴趣来了："我养了一只德国牧羊犬，它可机灵了。你这狗是什么品种？"他伸出手准备拉开车门看看……

罗彬突然喊道："警官先生！"

摩根警长侧过头问："什么事？"

"请您帮帮忙。"罗彬说着，掏出几张钞票。

"帮什么忙？"

"这车停在马路中间确实影响交通，您能帮我把车推到路边吗？"

"当然可以。"

罗彬将钞票递给摩根警长："一点小意思，请您喝咖啡。"

“这可不行！”

摩根警长将罗彬拿着钞票的手推开，走到小轿车后面。

摩根警长正准备推车，西蒙从警车上跳下来：“警长，让我来推。”

西蒙在车后推。摩根警长也搭一把手。

罗彬在前面打方向盘。

小轿车被推到路边。

罗彬从车窗探出头来：“谢谢二位警官！”

摩根警长朝罗彬挥挥手，并习惯性地看了看车牌：0728。

“西蒙，将车掉头，回警署！”摩根警长上车后说道。

“是！”

刘洋凯骑着摩托车，风驰电掣地前行。

一辆巡逻警车迎面开来。

那是摩根警长、西蒙准备开回警署的车。

刘洋凯看到警车，心中一喜，喊道：“停车！停车！”

摩根警长看见有一位骑摩托车的人高喊停车，知道一定有事，便叫西蒙把警车停住。

刘洋凯骑着摩托车赶过来。摩根警长从车窗里探出头，认出他是曾在吟珍赌场见过的华人大侦探，招呼道：“这不是刘先生吗？”

刘洋凯也认出摩根警长：“您好，摩根警长！”

“刘先生，什么事？”

"绑架舞女白莹的疑犯罗彬,开车进入了您的辖区。"

"他开的什么车?"

"黑色小轿车。"

"知道车号吗?"

"知道,0728。"

摩根警长想了想:"车号为 0728 的小轿车,我们刚刚遇见过。"

刘洋凯问:"在什么地方?"

摩根警长往后一指:"洛丹大街中段。"

"能追上它吗?"

"那车抛锚了,可能还停在那里。"

摩根警长让刘洋凯上车,并叫西蒙帮他把摩托车也放进警车里。

刘洋凯感激地说:"谢谢摩根警长!"

"谢什么!　追捕疑犯,不正是我的任务吗?"

摩根警长叫西蒙又打方向盘,掉头。

罗彬给小轿车"点火",阿超在后面推,反复了几次,车还是发动不起来。

阿超擦了一把汗,走过来说:"我说彬哥,不能在这里待下去了,干脆扔下这辆老爷车,我们走过去。"

罗彬问:"为什么?"

"我的右眼在跳,在这里待长了,怕出事。"

"我们俩可以走过去,白莹怎么办?"

"白莹已被我打昏了,我去叫出租车,把她放车上。"

巡逻警车内。摩根警长问刘洋凯:"那个叫罗彬的疑犯为什么要绑架一个舞女?"

刘洋凯说:"这个舞女叫白莹,她是吟珍赌场员工汪又贵的女朋友。要抓获杀害汪又贵的凶手,厘清案情的来龙去脉,追回被盗的陨石做的美女雕像,白莹可能是唯一线索。"

"这个舞女那么重要?"

刘洋凯凝重地点点头:"所以必须尽快把她解救出来。"

"我明白了!"摩根警长吩咐道,"西蒙,拉响警笛,把车再开快点!"

"是,警长!"

罗彬、阿超在街边等出租车,等了很久都没有看到空车,却听到警车的警笛声,回头一望,刚才那辆巡逻警车呼啸而至。两人为了自保,扔下熄火的轿车和昏迷的白莹,狼狈逃窜。

片刻,巡逻警车开到小轿车一侧。

摩根警长亲自开车将昏迷的白莹送往医院。

西蒙警员见过罗彬,跟刘洋凯去追捕绑匪,可惜绑匪已不见踪影。

第九章 医院命案

刘洋凯赶到医院,走进白莹所在的病房,迎面碰到韩云,招呼道:"韩云,什么时候来的?"

韩云说:"接到你的电话我就赶来了。"

"白莹的情况怎么样?"

"我来的时候她就醒了。医生说她的头部受到钝物打击,有轻度脑震荡,治疗几天就可以出院。"

刘洋凯走到床边:"白莹,感觉还好吧?"

"还行。"白莹感激地说,"刘侦探,韩云都跟我讲了,真不知道怎么感谢你才好。"

刘洋凯说:"要感谢得感谢韩云,要不是她提供重要线索,我们连门都摸不到呢!"

护士刘萍拿药进来,让白莹服下。

护士走后,韩云帮助刘洋凯做白莹的工作:"我说白莹,刘侦探说得对,为了那个陨石做的美女雕像,你遭到绑架,那东西留着是祸害呀!"

白莹低头不语,脸上呈现一副僵硬的神色。

刘洋凯劝道:"白莹,只有把美女雕像交出来,你才能重新过上以前那种自由自在的日子。"

韩云说:"白莹,别再犹豫了,快把陨石做的美女雕像的下落告诉刘侦探,不然你的麻烦可大了!"

刘洋凯以期待的目光看着白莹。

白莹颦眉不语。

刘洋凯对她说:"白莹,韩云说得对,绑架你的两个匪徒没有被抓住,他们随时会加害于你,如果不告诉我们美女雕像的去向,你说不定真的会有更大的麻烦!"

白莹终于开口了:"刘侦探,让我再想想好吗?"

刘洋凯抱有希望地点点头:"好吧。但是要快点下决心,不然就来不及了!"

吴友光来到警署,对麦克伦说:"警长,听说绑匪没有抓住?"

"是啊。不过,能救回白莹,就算不错了!"

麦克伦说:"白莹认识其中的一个绑匪,抓到他只是时间问题。"

吴友光心里咯噔了一下。

"白莹现在在哪里?"吴友光问。

"她在医院里。"麦克伦警长答道。

"白莹开口了吗?"

"正在做工作。"

"白莹在哪家医院?"

"在圣玛丽医院。吴律师也想去看看?"

"今天没有时间,明天去。"

"吴律师对白莹很关心呀!"

"我是负责汪又贵案的律师,白莹是他的女友。"吴友光意味深长地说,"而且她掌握美女雕像的秘密呢!"

白莹依然没有开口,而且看不出她有开口的意愿。

韩云要回新都会歌舞厅上班,向刘洋凯告辞;刘洋凯说他也有事要回侦探事务所,两人劝白莹不要固执,早点把情况说出来。

刘洋凯、韩云在医院门口分手时,刘洋凯说:"韩云小姐,您回去跟周经理说,让他派一个人再跟白莹谈谈。"

韩云点头说:"我一定向周经理报告。"

"而且,夜里要派人到医院守护,白莹是个关键人物,她一个人住在医院里很危险!"

"你说得对! 我一定转告周经理。"

吴友光从警署回来,朱宏在办公室等着他。

"打听到白莹的下落了吗?"朱宏问。

"麦克伦警长告诉我,白莹在圣玛丽医院。"吴友光一屁股坐到沙发上。

"我叫罗彬、阿超把白莹弄来,她什么也不肯说,太固执了!留着她也没有用。"

"会长,您想派人到医院干掉她?"

朱宏眯着眼睛:"我正在考虑……"

刘洋凯昨晚工作到很晚,今天一大早连早餐都来不及吃,匆匆赶往圣玛丽医院。

医院的早晨异常宁静。护士刘萍推门进入自己分管的病房。

刘萍问候一个病人:"早上好!"

病人回应道:"刘护士,您好!"

刘萍拿出体温表:"请量体温。"

量完这个人的体温,刘萍又去隔壁病房。

这是白莹住的病房。

刘萍推开房门,招呼道:"白莹,早上好!"

白莹没有应声。

刘萍向病床走去:"白莹,你怎么还在睡啊?"

白莹仍然没有应声。

刘萍走到床边:"白莹,该起床了,要量体温了。"

白莹还是没有应声。

刘萍赫然发现白莹的脸变成了青灰色,不禁倒吸了一口冷气:"白莹,你怎么样了?"

她去摸白莹的颈部动脉,动脉已经停止跳动。

刘萍惊呼:"快来人哪,白莹死了!"

医生、护士闻讯跑进病房。

刘萍对管理病房的沈医生说:"这个病人昨天晚上还是好好的,呼吸、脉搏、血压都正常,今天就死了!"

沈医生进行了一番检查后说:"从症状看,病人是窒息而死的。但要确定死因,必须进行尸体解剖。病人家属来了吗?"

刘萍说:"没有见过病人家属,只见过协助警察局办事的刘侦探。"

沈医生问:"那位侦探来了吗?"

步履如飞地走进病房的刘洋凯答道:"来了,我就是。"

他在走廊上已经听到噩耗。

沈医生告诉刘洋凯:"只有进行尸体解剖,才能确定死因。"

刘洋凯说:"我想先检查一下。"

沈医生的金丝边眼镜上仿佛挂了一个大问号:你这个侦探懂得医学吗?

刘洋凯看出沈医生的疑虑:"我学过一点法医学。"

"请便。"

沈医生往旁边挪动一步,给刘洋凯让出位置。

刘洋凯只对死者的口腔进行了检查,就找出了白莹的死因。

他说:"死者口唇和齿龈表皮微微剥落,并伴有皮内、皮下出血。而且,死者的上颌门牙上嵌着一小块似乎是布质的碎片。由此可见,白莹死于谋杀……"

吴友光匆匆走进来:"白莹死了?"

沈医生问:"请问您是……?"

"我叫吴友光,是办理白莹男友汪又贵案件的律师。"

"啊,吴律师,久仰久仰!"

刘洋凯看了吴友光一眼,没有跟他打招呼,继续说:

"嵌在死者门牙上的一小块布质碎片表明,凶手趁白莹熟睡之际,用手帕捂住她的鼻子和嘴巴,白莹拼命反抗,咬下了手帕的一角,同时嘴唇和齿龈上留下伤痕。她终因反抗无效,像小孩一样被闷死了!"

吴友光问刘洋凯:"你是谁?"

刘洋凯不作答,向一个护士借来夹子和信封,取出死者口中的碎布片,放进信封里。

沈医生代替刘洋凯回答:"他是为警察局办事的刘侦探。"

刘洋凯不卑不亢地朝吴友光点了点头。

沈医生厉声问刘萍:"昨天夜里,除了值夜班的人以外,还有什么人进过病房?"

刘萍战战兢兢地说:"没,没有。"

沈医生追问："可以肯定吗?"

刘萍快要哭了："除了我,不会有别人来呀!"

吴友光望着死去的白莹,猜想是不是会长派人杀了她。

沈医生说："医院是救死扶伤的地方,居然发生了凶杀案,实在令人感到意外,我们深表遗憾。但是,医院出入自由,对外是敞开的,每个病房也没有上锁,出现这种不幸的事,我们也无可奈何。"

新都会歌舞厅同白莹关系比较好的田芳芳、周曼兰、李明秀跟着韩云来医院看望白莹,却惊闻她被杀害,一个个哭成了泪人儿。

沈医生问刘洋凯："死者的尸体还解不解剖?"

韩云带着哭腔说："不能解剖! 给白莹留一具完整的遗体。"

田芳芳说："人死了不能再大卸八块!"

周曼兰说："不解剖! 不解剖!"

刘洋凯问沈医生："不解剖行吗?"

沈医生说："我看可以。死因已经很清楚了。"

刘洋凯对韩云说："我问过周经理,白莹的父母双亡,她男友汪又贵已死,她的后事谁来办?"

周曼兰、李明秀异口同声："我们出钱办!"

韩云说："对! 我们大家出钱。"

刘洋凯掏出钱包："那也算我一份。"他将钞票交给韩云。

韩云接过钞票："谢谢刘侦探。"

刘洋凯悄声问韩云："周经理昨晚没有派人到医院来?"

"我向周经理报告了,他说实在太忙,抽不出人来。"

田芳芳建议:"白莹是我们新都会歌舞厅的头牌舞星,我们去找周经理。"

李明秀说:"他肯定会支持。"

艾丽斯闻讯也来到医院,她对白莹之死感到惋惜,并对刘洋凯说:

"警长说了,白莹之死跟祁再发、汪又贵的案子是连案,还请你协助查找凶手。"

"我也想追查到底。"刘洋凯已下定决心。

"那就辛苦你了。有什么我可以帮忙的事,请给我打电话。"

"谢谢!"

第十章　公寓藏娇

陈静美参加新都会歌舞厅时尚歌咏队以后发现,除了导演叶影是她过去的音乐老师,报幕员兼歌手田芳芳还是她的同学。旧友重逢,倍感亲切,每当排练休息时,陈静美和田芳芳谈起话来没完没了。

歌咏队的李明秀没有来参加排练,陈静美问田芳芳她为什么没来,田芳芳说:"她可能不会来上班了。"

"为什么?"陈静美问。

"她被一个老板包养,当了'二奶'。"田芳芳说。

陈静美不懂"二奶"是什么,田芳芳告诉她:"'二奶'就是'情妇'。"

陈静美说:"听说社会上近年来有人包养情妇,难道这里也有这种情况?"

田芳芳说:"那当然。发了财的男人,有的暗中金屋藏娇,有的公开以拥有年轻漂亮的情妇来炫耀他们的地位和财富。"

陈静美问:"芳芳,你知道包养李明秀的老板是谁吗?"

"不仅知道,而且认识。他叫陈飞,先是打我的算盘,施以小恩小惠,但我已有男朋友,他就找了李明秀。如今年轻女性甘当情妇是为了金钱与享乐,但也有人是想借此摆脱贫困。李明秀是非法移民,还要养活瘫痪的哥哥,她当情妇不是贪图享受,而是为了赚钱给哥哥治病。"

"这个陈飞是干什么的?"陈静美出于好奇,又问道。

"陈飞是从台湾来的,深得电灯公司经理的赏识,成了经理的乘龙快婿,还当上营业所所长。由于这个缘故,陈飞包二奶没有张扬,瞒着他的老婆。"

陈静美叹道:"真没想到,包养情妇之风会在南洋盛行!"

苏迪曼大街位于雅加达南部,街道两旁高楼林立,大型商厦、五星级饭店比比皆是。

陈飞领着李明秀来到这里的一套公寓。

室内装修很有品位,豪华而温馨。

陈飞将房间钥匙交给李明秀:"把这串钥匙放进你的手袋里。"

李明秀不解地问:"为什么?"

"从今天开始,这套房子就归你了!"

李明秀惊喜得像个孩子:"谢谢陈所长!"

陈飞拉着李明秀在沙发上坐下来。

"哇!这是真皮沙发。"李明秀摸着沙发的扶手说。

陈飞坦然地对她说："人年纪一大,就喜欢年轻姑娘,就算只牵个手也很开心。"

李明秀用那双温柔的大眼睛凝视着他："陈所长,您找上我,就只牵牵手?"

陈飞笑而不答,将李明秀拥入怀中。

导演叶影走上舞台："现在继续排练。"

歌手们从散坐在台下的座位上站起,活动椅面顿时发出啪啪声,像放鞭炮一样。

叶影对众歌手说:

"我们今天学唱印度尼西亚民歌《哎哟,妈妈》。这是一首曾经流行于大街小巷、广受民众欢迎的爱情歌曲。根据周经理的指示,为了让我们歌舞厅吸引更多顾客,决定排练这首歌。由陈静美、刘涛演唱。"

歌女们一起将视线投向光彩照人的陈静美和风度翩翩的刘涛。

叶影对两位年轻人说："你俩先试唱一遍。"

陈静美、刘涛唱道:

河里青蛙从哪里来?

是从那水田向河里游来;

甜蜜爱情从哪里来?

是从那眼睛里到心怀……

夕阳照在紧闭的窗帘上,透出淡淡的光。

陈飞从席梦思上爬起来,开始穿衣服。

躺在床上的李明秀问:"陈所长,您不睡了?"

"天快黑了,我得回家。"

"那我还到不到歌舞厅上班呢?"

"从今天起,你就不用上班了。"

"那太好了!"李明秀高兴地说,"再也用不着唱情歌、跳艳舞了。"

陈飞掏出一沓钞票,递给李明秀。

"这么早就发工资?"

"你哥哥不是等着钱治病吗?"

"陈所长真是个大好人,比我还关心我哥哥。"

陈飞又拿出一条手帕递给李明秀。

"好漂亮的手帕!"李明秀问,"陈所长,送手帕给我干什么?"

"不是就要开白莹的祭奠会了吗?"陈飞对新都会歌舞厅的情况十分熟悉,"你是白莹的好朋友,能不参加?"

"我当然要去。"李明秀有些伤感。

"参加祭奠会,你一定会哭鼻子,手帕就会派上用场了。"

"陈所长想得真周到!"

陈飞殷切地对李明秀说:"白莹是个好姑娘,你是个大美人,你参加她的祭奠会,一定要用在雅加达买不到的最好的手帕!"

"谢谢陈所长!"

陈飞走后,李明秀给田芳芳打电话,约她到新居来玩。

刘涛缠着田芳芳,要跟她一起去参观陈飞用来藏娇的"金屋"。

刘洋凯回到侦探事务所,陈静美给他看两样东西。

一件是苏丹娜从德国寄来的用陨石做的美女雕像仿制品的照片。美女雕像是用一万五千年以前的陨石雕制的新闻在当地传开了,精明的工匠做了一批仿制品卖给收藏家。苏丹娜这次到德国参加同学聚会,看见这个仿制品,认为它可以乱真,特地买了一件留作纪念,并将它拍成彩色照片寄给刘洋凯,供他在办案时参考。人们没有见过用陨石做的美女雕像,而曾得到它的人——祁再发、汪又贵、白莹都死了;有了这张照片,就会对美女雕像有个具体印象。

第二件是一大包手帕。

陈静美对刘洋凯说:"你打电话要我收集手帕,是不是跟白莹的死有关?"

刘洋凯点点头。

他告诉陈静美,白莹在熟睡中被人用手帕捂住鼻子和嘴巴,白莹拼命反抗,咬下了手帕的一角,但因反抗无效被闷死。

刘洋凯拿出那块布质碎片:"它嵌在白莹上颌门牙上,被取出来作为重要物证。"

"能找到相同的手帕,就有可能追踪凶手。"陈静美说。

"正是。"刘洋凯有些激动地说,"这是白莹在濒死时给我们留下的证据,也是追寻美女雕像去向的唯一线索!"

陈静美将她从歌舞厅姐妹那里收集的手帕,一条一条地摊开放在桌上。

刘洋凯和她一起,将这些手帕跟白莹咬下的手帕一角逐一进行比对。

先拿出的一些手帕都因质地和花色差别太大而被否定。

当陈静美再拿出一条手帕摊开放在桌上时,刘洋凯兴奋地说:"有门了!"

陈静美也说:"这条手帕确实比较像!"

"从白莹咬下的手帕一角有两道金线来看,好像是这种类型的手帕。"

刘洋凯再次将两者进行比对。

陈静美也凑过去看了看,不无遗憾地说:"可惜只是相似,而不是完全相同。"

"但这条手帕有重要的参考价值。"刘洋凯将这条手帕收起来。

陈静美乘机说道:"大侦探,我在这个时候选择在新都会歌舞厅参加歌咏队,该是一个不错的主意吧？没有姐妹们的帮助,哪能收集到这么多手帕!"

"确实如此!"刘洋凯承认陈静美到歌舞厅"上班"是一个合理的

选择。

"凶手为什么要杀死白莹？白莹这一死，对谁最有好处？"陈静美沉吟道。

"这个问题提得好。静美，你说说看，白莹之死，谁是最大的受益者？"

"我认为，想得到美女雕像的人，是不会杀死白莹的；只有知道雕像藏匿地点，甚至已经拿到雕像的人，才会谋害白莹，杀人灭口。"陈静美认真地说。

"这个分析很有道理。"刘洋凯赞许道，"白莹之死告诉我们，用陨石做的美女雕像已经不在她手里了！"

"能够知道雕像去向，或者已经得到雕像的人，一定认识白莹，甚至是她最信赖的人。"陈静美进而分析道。

刘洋凯顺着这个思路说："这个人或是自己动手谋害白莹，或是雇凶杀人。"

陈静美自忖道："白莹的交游甚广，会是哪一个呢？"

刘洋凯说："静美，找出这个问题的答案，进而寻回美女雕像，是你参加新都会歌舞厅时尚歌咏队的重要任务啊！"

陈静美凝重地点点头。

刘洋凯向她投以企盼的目光。

少顷，陈静美问："大侦探，白莹的祭奠会明天开，你去不去？"

"当然要去。"刘洋凯肯定地说，"明天的祭奠会，白莹生前的好友都会参加,那个她最信赖的人可能也会去,这是了解情况的好机会。"

"可惜我明天不能去。"

"为什么?"

"周经理此前就做了安排,明天歌咏队要到巴厘岛演出。"

第十一章　祭奠芳魂

　　白莹的祭坛庄重而华丽,在鲜花的簇拥下,白莹的遗像凄清地微笑着。

　　祭奠会还没有开始,许多人就来到会场。刘洋凯问韩云,今天的来宾都有哪些人,韩云向他介绍,来宾中大部分都是新都会歌舞厅的同事——舞女、歌手、乐队成员和工作人员,还有一些是白莹在社会上结交的朋友。

　　人们议论纷纷:

　　"谋杀一个住医院的病人,太残酷了!"

　　"这个凶手真可恨!"

　　"抓住他的话,一定会判死刑吧?"

　　"那当然,杀人偿命,血债血还!"

　　时辰一到,新都会歌舞厅经理秘书罗西娅示意大家安静下来,宣布:"白莹小姐祭奠仪式开始! 请新都会歌舞厅经理周义生先生致悼词。"

周义生迈着沉重的步子走向祭坛,环顾全场,清了清嗓子,语速缓慢地说:

"在雅加达蓝色的天空下,一颗明星陨落了!日月黯然失色,为她表示悼念;太平洋掀起波涛,为她奏响哀乐。白莹是我们的舞国皇后,她跳的艳舞,舞步独特,粗犷奔放,令观众为之倾倒。她在台上跳舞时如此认真,休息时还忙着替客人送饮料,表现出崇高的敬业精神。白莹的一生虽然短暂,但为广大娱乐业人士树立了榜样。她的生,如夏花一样绚丽;她的死,像秋叶一样静美。白莹小姐,安息吧!"

周义生的悼词令来宾们动容。

告别的哀乐悲壮、婉约,像沉重的铅液缓缓流淌在庄严肃穆的会场上。人们依次走到祭坛前,点燃香火,向白莹的遗像致敬。

女宾们面对白莹的遗像,幽幽地啜泣。

参加祭奠的宾客越来越多,新点燃的香火越烧越旺。

刘洋凯机警地扫视着每一位来宾,并不时地向韩云问些什么。

一位青年男子走到祭坛前,点燃香火,双手合掌,目不转睛地凝视着白莹的遗像。

他的目光阴郁而痛苦。

这引起刘洋凯的注意。

蓦地,这位青年男子的双手剧烈地颤动着,表情愤怒,眼睛充血,紧紧地盯着白莹的遗像。

而后,他忽然紧闭双眼,两只手抖动得更加厉害了。

过了好半天,他才睁开眼睛,朝白莹的遗像三鞠躬,转回身子,分开众人,默默地走了。

刘洋凯悄声问韩云:"他是谁?"

"我也不认识,"韩云思忖片刻,"白莹当过陪舞女郎,可能是她的客人。"

"能打听一下吗?"

韩云点点头。

当周曼兰祭奠白莹时,韩云主动告诉刘洋凯,她叫周曼兰,也是新都会歌舞厅的舞女,大家都讨厌她,因为周经理发动跳艳舞,她第一个表示拥护。但她对白莹还不错。

周曼兰祭奠完毕,过了一会,李明秀匆匆从外面走进来。

周曼兰埋怨道:"明秀,你怎么这么晚才来?"

李明秀气喘吁吁地说:"陈所长把我拖住了。"

周曼兰不满地说:"这个人真是,大白天也不让你休息。"

李明秀无奈地苦笑了一下。

"快去祭奠白莹吧!"周曼兰催促道,"我在外面等你。"

李明秀走到祭坛前,点燃一炷香,却不急于插进香炉里,而将它拿在手上。

青烟在空中飞扬缭绕。

李明秀的哀思也像青烟一样。她想到白莹惨遭不幸,自己的前途也捉摸不定,百感交集,悲从中来,禁不住呜呜咽咽地低泣着。

她将手中的一炷香插进香炉里,掏出手帕揩拭眼泪。

这条手帕跟陈静美收集的手帕属于同一类型,但与白莹咬下的手帕更相像。

刘洋凯的眼睛顿时睁得滚圆。

莫非踏破铁鞋无觅处,得来全不费功夫?

刘洋凯悄声问韩云:"你认识她吗?"

"认识。"韩云说,"她叫李明秀,是白莹的好朋友,也是我们新都会舞厅的歌手,但现在被一位老板包养了。"

"那她现在不上班了?"刘洋凯问。

"她是'专职情妇'。"韩云说。

时尚歌咏队在巴厘岛演出的休息时间,田芳芳对陈静美说,担任艳舞教练的余光,在这里开办了舞蹈训练班,可以去看一看,陈静美就跟她一起去了。

余光身材高大健壮,眼睛深邃明亮,脸庞轮廓分明,颇具男性魅力。

他正在教学员们跳一种组合舞,四个人一组,在音乐声中一进一退,动作整齐,姿态优雅,舞蹈的节奏像时钟的摆一样。

余光见田芳芳、陈静美进来,向她俩挥挥手示意;田芳芳还了一个手势,意思是让他不要停止跳舞,随即跟陈静美走到墙边,在长椅上坐下来观看。

这时，一位青年男子（他在白莹的祭奠会上因表现与众不同引起刘洋凯的关注）突然从外面跑进来，冲到余光面前，厉声问道："余光，你上个星期天晚上到雅加达圣玛丽医院去干什么？"

突如其来的状况令余光惊讶得像挨了一记闷棍，说不出话。

正在跳舞的学员们都停了下来。

"你上个星期天晚上到圣玛丽医院去干什么？"那个青年男子又问。

刚回过神的余光说："方刚，你想怎么样？"

余光知道对方的名字，说明两人认识。

"你上个星期天晚上去了圣玛丽医院，第二天人们就发现白莹死了，怎么解释？"方刚质问道。

因提到白莹的名字，田芳芳、陈静美对视了一下。

"方刚，你说什么胡话？我上个星期天晚上根本没有回雅加达，更没有去什么圣玛丽医院！"余光辩解道。

"你去过！我找你两天了，今天才找到你！"方刚的语气十分肯定。

"我没有去，你看错了！"余光提高了音调。

"肯定是你，不是别人！"

余光缓和了语气："现在不争论，等我上完课，再坐下来谈，行吗？"

"好吧。"方刚坐到椅子上。

余光继续教学员们跳组合舞。

陈静美指着方刚问田芳芳："你认识这个人吗?"

"认识,"田芳芳悄声答道,"但不很熟。啊,他跟刘涛经常在一起。"

陈静美从巴厘岛回到雅加达跟刘洋凯碰面时,将这个意外获知的情况告诉了他:有人指认余光在白莹死前去过医院,这个人跟刘涛很熟,名叫方刚。

第十二章　螳螂捕蝉

李明秀懒洋洋地躺在沙发上听唱碟。

门铃响了。

李明秀坐起来，心里很纳闷：晚上八点了，还有谁来找我呢？陈所长说他在家陪老婆，今天是不会来的呀！

门铃又响了。

李明秀关掉组合音响，冲着门外喊道："哪一位？"

门外有人答道："是我，刘涛。"

李明秀打开门："是阿涛啊，你今天晚上不演出？"

刘涛站在门口说："白天已经演过了，周经理叫我们晚上休息。"

"晚上不演出的日子真是难得。"李明秀深知娱乐业从业人员的艰辛。

"是啊。你曾经对我说，你的老板有事不能来的时候，你一个人待在家里很无聊，想找个人谈谈心，排解寂寞。"

"对，我说过。"

"我今天来,不会打扰你吧?"

"不会。"

"你要是忙,我就回去了。"

"我正闲着没事干,你来得正好。请进吧!"

李明秀将刘涛请进屋,随手把关门上。

刘涛坐下后,李明秀提议:"我们一起喝点酒怎么样?"

"好主意!"刘涛很高兴,但转而一想,"只是不知道你的老板今天晚上来不来?"

"他说今晚在家陪老婆,不能来。"

"那太好了!"

李明秀拿出一瓶葡萄酒和两只高脚杯,往杯里倒了酒。两人举起酒杯。

"阿涛,我们在干杯之前,你得说点什么。"

"说什么呢?"

"怎么,难倒你啦?平时你不是挺会说话的吗?"

刘涛想了想:"这是葡萄酒吧!我就吟一首关于葡萄酒的诗。"

"好哇!"

刘涛清了清嗓子,用拖长的音调吟道:

"葡萄美酒夜光杯,欲饮琵琶马上催。醉卧沙场君莫笑,古来征战几人回。"

"这是一首写古代军旅生涯的诗,好像不适用于现代生活。"李明秀说。

　　"这确实是军旅生涯的千古绝唱。"刘涛还沉浸在诗的意境中，"在白玉制成的夜光杯内,倒满最好的葡萄美酒;正要举杯痛饮,那催人出发的琵琶声却已在马上响起……"刘涛话锋一转,用他在舞台上演出时富有表现力的嗓音说,"酒是葡萄美酒,杯是夜光名杯,对照最后一句军旅生涯的紧张与匆忙,也可以用来形容欢乐不长久,美酒难再有;好事多磨,纵然有满腔怨恨,却是无从抒发,只有空叹一声奈何!"

　　"经你这么一解释,我倒认为你选的这首饮酒诗还真有现实意义。"李明秀由衷地说。

　　"哎,阿秀,唱一曲怎么样?"刘涛问。

　　"行啊!"李明秀爽快地答应,"唱什么呢?"

　　"怎么,你这个歌后也为难了?"

　　"我唱一首印度尼西亚民歌《划船歌》。"

　　刘涛鼓掌欢迎。

　　李明秀唱道:

　　　　快快划呀,
　　　　小船快漂荡,
　　　　苏拉巴亚就在那前方。
　　　　你可忘记华丽的衣裳,

千万不要把我遗忘。

一阵阵北风吹着小船东西摇晃,

我撑着船舵用力划向前方。

你可忘记华丽的衣裳,

千万不要把我遗忘。

李明秀唱罢,刘涛赞道:"阿秀,你来雅加达不久,把印度尼西亚民歌唱得这么好!"

"印度尼西亚民歌优美动听,我当然一学就会。"李明秀端起酒杯,"阿涛,我们干杯吧!"

"好,干杯!"

两人各自将杯中酒一饮而尽。

李明秀在斟酒的时候说:"我们听听音响怎么样!"

"好啊。"刘涛说。

"你喜欢听什么?"

"港台流行歌曲《萍聚》。"

"我也喜欢这首歌。"

李明秀找出唱碟,放进播放器里,顿时,婉转动听的歌声从音响里流泻出来:"别管以后将如何结束,至少我们曾经相聚过;不必费心地彼此约束,更不需要言语的承诺。只要我们曾经拥有过,对你我来讲已经足够,人的一生有许多回忆,只愿你的追忆有个我……"

李明秀又往两只酒杯里倒酒。两人一边听唱片，一边谈话、饮酒。

门铃突然响了，李明秀吓了一跳。

刘涛问："谁在按门铃？"

李明秀双眉颦蹙："不会有人来呀！"

门铃又响了。

"真的有人来了。"刘涛说。

李明秀竖起指头贴在嘴唇上，示意刘涛不要说话。

她走到门边问："是哪位？"

陈飞在门外答道："是我，老陈。"

李明秀的心咯噔了一下，随即装着高兴地说："您来了太好了！请等一下。"

陈飞问："阿秀，你在干什么啊？"

"我正在换衣服。"

"我俩什么时候忌讳过换衣服呀！"

"不过，还是请您等一下。"

"噢，那就依你吧！"

李明秀悄声对刘涛说："不得了哇！"

"谁来了？"刘涛问。

"我的老板。"李明秀花容失色。

刘涛焦急地问李明秀："不是说你的老板今晚在家陪老婆，不会来的吗？"

"是呀,他怎么又来了呢?"李明秀也很纳闷。

"让他进来吧,我们又没有做什么事。"

"孤男寡女共处一室,说不清楚呀!"

"那我得赶快走。"刘涛站起来。

"你怎么走?"李明秀提醒道,"他把门堵住了,你出不去呀!"

"那怎么办?"刘涛走到窗前,向下面望望,"这么高的楼房,我不能跳窗户,跳下去准会摔死!"

"是呀,怎么办呢……"李明秀焦急地搓着手。

"要不,学电影里的那样,我躲到床底下?"

"不行,不行,还是学戏剧《柜中缘》,你躲到大衣柜里去吧!"

陈飞在门外催问:"阿秀,衣服换好了没有?"

"快好了!"李明秀打开大衣柜,示意刘涛躲进去。

刘涛抽了抽鼻子:"好重的气味呀!"

"柜子里都是些高档时装,有什么气味!"

"纺织纤维的气味嘛,我最害怕这种味道!"

"将就一点,快进去!"

李明秀将刘涛往柜子里推。

刘涛被迫躲进柜子里:"那你快点应付他呀! 我闻长了柜子里面的气味,会发生变态反应的,到时候可别把你俩吓坏了!"

"别耍嘴皮子了,克服一下吧!"

李明秀关上柜门。

陈飞又在催她:"阿秀,你今天换衣服的时间怎么这么长呀?"

"我在穿你最近给我买的镶金裹银、做工精细的丝质'格巴雅'衫,正在试镜哩!"

李明秀走到茶几边,把刘涛含过的烟蒂衔在嘴唇上,使烟蒂沾上口红。她对酒杯也做了这样的处理,然后将门打开,让陈飞入室。

"陈所长,真不好意思,让您久等了。"李明秀装作若无其事的样子,娇声娇气地对陈飞说。

"别总是陈所长陈所长的,就喊我飞哥。"

"好,飞哥,晚上好!"

陈飞反身将门关上:"阿秀,你怎么没有问我? 说今天不来,怎么又来了呢?"

"我怎么会问这种问题呢? 我巴不得你天天来。"

"是吗?"陈飞坐下来,跷起二郎腿。

"这是我的肺腑之言。"

李明秀给他冲咖啡。

"但我要告诉你,本来我今天晚上要回家里陪老婆,但她临时接到亲戚来的电话,到仙女岛打牌去了。"

"仙女岛离市区够远的。"

"是呀! 她今晚肯定回不来,所以我就到你这里来了。"

"这样真好。"

李明秀将咖啡递给陈飞。

"那你想不想我?"

陈飞呷了一口咖啡。

"当然想,"李明秀也坐下来,"当女人不容易,偷渡来的女人更不容易,像我这种唱歌的女人特别不容易,每天要面对那么多的客人,如今我只服侍您一个人,您这么照顾我,让我过上幸福的生活,还给我哥哥治病,知恩图报,是人之常情。"

"这话很中听。"

陈飞走到茶几边,看到两只酒杯,拿起其中的一只,问:"阿秀,有谁来过吗?"

"嗯,歌舞厅的同事来过。"

"男同事还是女同事?"

"当然是女同事。这不,香烟屁股和酒杯上还沾着口红哩!"

陈飞看到烟蒂和杯口上确实沾有口红,说:

"你的女同事来了我欢迎,要是男同事来了,我就不放心了。"

"怎么会呢?"李明秀直摇头。

陈飞又坐下来,端起咖啡喝了几口。

"我有时猜想,你这么年轻,会不会趁我不在的时候,跟年轻的男人在一起?"

"绝对不会! 除了您,我还从来没有对别的男人有过好感哩!"

"是真的吗?"

"当然是真的。您正因为年龄大些,饱经沧桑,才有一种成熟的男性美;而年轻的男人涉世不深,像毛孩子,我怎么会喜欢他们呢?"

陈飞高兴了:"你这话倒说到点子上去了! 当今的许多年轻人,不思进取,不学无术,却狂妄自大,目空一切。比如说,你们歌舞厅的刘涛,就属于这种人,我很讨厌他。"

李明秀一惊,不由自主地看了大衣柜一眼。

陈飞没有注意李明秀的眼神,却说:"阿秀,去把我上次没有喝完的酒拿过来,我想喝两杯。"

"嗯。"

李明秀拿酒过来,给陈飞倒酒。

"你也喝一点。"

李明秀顺从地说:"好。"给自己倒了少量的酒。

陈飞问:"阿秀,我不来的时候,你有些寂寞吧?"

"那当然。独守空房的滋味可不好受。"

"其实,我也跟你一样。不能跟自己心爱的人相依相伴,我也不舒服呀!"

"那你为什么不把我娶回去?"

"我何尝不想? 我只有离了婚才能再娶。"

"那你为什么不离婚?"

"阿秀,你有所不知,我的这个老婆,是我上司的女儿,我怎敢提出离婚?"

"那你当初为什么要跟上司女儿结婚?"

陈飞问："你要听我说真话还是说假话？"

李明秀说："当然要听真话。"

"是啊，我们的感情已到这个份上了，我要对你讲真话。"

"那就讲吧。"

"我讲了，你可不能看不起我。"

"滴水之恩，当涌泉相报，我怎么会呢？"

陈飞做了一个无奈的表情，然后说：

"我上司的女儿其貌不扬，但我的上司想找个青年才俊做女婿，我当时刚来雅加达，仪表不错，又有学位，被上司看中，而我在雅加达没有背景，正想找一个靠山，于是两好合一好，我就做了上司的乘龙快婿。"

李明芳同情地说："这真是难为您了！"

陈飞叹了一口气：

"是啊，结婚以后没有真感情，我十分苦闷。雅加达是个花花世界，美女如云，很多人换老婆，梅开二度、三度，甚至四度，我真羡慕他们！但碍于上司的原因，我动弹不得。幸亏遇到你，我这像荒漠一样的心才得到滋润……"

突然门铃响起。

陈飞的话被打断。

陈飞皱起眉头问："阿秀，这么晚了，怎么会有人来访？"

李明秀说："是谁走错了门吧？"

门铃又响起。

李明秀冲着房门问："谁呀？"

一位中年妇女在门外答道："是我！"

"您是哪一位？"

"我是陈飞的老婆！"

李明秀一惊："我不认识您呀！"

"你是不认识我，但是刚才有人告诉我，说我老公到这里来了，我特地赶来的。"

"您的话我听不懂，请回吧！"

陈飞妻在门外提高音调："我的话很好懂——我老公在你家！"

"我越听越糊涂了。"

"别打马虎眼！为了澄清事实，请你快开门吧！"

"那请您等一下，我刚洗完澡，收拾一下。"李明秀问陈飞，"外面的那个人真的是你夫人吗？"

陈飞不安地说："好像是。"

"您该不会听错吧。"

"从说话的声音、语气来判断，是她。"陈飞焦急地说，"她不是到仙女岛去玩吗？怎么这么快就回来了呢？"

"她该不是故意对您说去仙女岛，欲擒故纵吧？"李明秀猜测道。

"有可能！要是被她抓住把柄，我这个营业所所长的位子就保不住了！"

"那怎么办呢?"

陈飞急得直冒汗:"我躲到大衣柜里,你巧妙地把她哄走。"

"躲到大衣柜里可不行。"

"为什么?"

"戏剧《柜中缘》里的故事情节尽人皆知,如果您夫人进来拉开大衣柜,就露馅了。"

"那我躲到哪里?"

"躲到厕所去。人们只知道《柜中缘》,不知道'厕所缘'。"

"也行。"

陈飞情急无奈,只好躲进厕所。

李明秀刚把房门锁打开,陈飞妻子就挤了进来。

"让我见见我老公吧!"

陈飞妻子双手叉腰,一副兴师问罪的架势。

"您是不是找错地方了?"

李明秀由于心虚,说话底气不足。

"不会错! 最近一段时间,我老公经常夜不归宿,引起我的怀疑,今天晚上我谎称到仙女岛去玩,让我的一位朋友暗中观察他的动静,我老公今晚到你家里来了,就是这位朋友告诉我的。"

李明秀没有答话。

陈飞妻子在房内巡视一番,随即问:"你一个人在家,怎么茶几上有三只酒杯呀?"

她又拿起那只没有口红印、还在冒烟的烟蒂："这只烟屁股还在冒烟。你把我老公藏到哪里去了？"

李明秀说："我不认识您，也不认识您老公。"

陈飞妻子提高调门："你要是不把我老公交出来，我可要自己搜了！"

"您没有道理这么做！"

"我没有道理？你有道理？"

"雅加达是讲法制的大都会，就是警察来我家，没有搜查证，也不能搜！"

陈飞妻子走到大衣柜前停下，摇摇头，在室内转了一趟，走向厕所，正准备拧开厕所门上的球形锁，田芳芳带陈静美、刘洋凯从开着的房门进入。

陈静美从刘洋凯那里获知李明秀用的手帕跟白莹临死前咬下的手帕非常相像，就跟刘洋凯一起去找田芳芳，让她带路赶到李明秀家。

田芳芳看到李明秀家里来了个中年妇女，当即知道是怎么回事，忙给李明秀打圆场：

"对！警察搜查民宅也要有搜查证！"

李明秀见救兵从天而降，欣喜地说："阿芳，你们来得太及时了！"

田芳芳明知故问："怎么回事？"

李明秀乘机告状："这位阿姨硬说她老公在我家，要强行搜查，其实没有这回事，她无理取闹！"

陈飞妻子辩解道:"我的一位朋友看见我老公到这里来了。"

田芳芳严肃地说:"你的那位朋友是谁? 把他叫来!"

陈静美也助威:"你的朋友尾随跟踪他人,你私闯民宅,都是犯法的!"

陈飞妻子一时傻了眼。

田芳芳缓和语气:"这位阿姨,我们有重要事情向李明秀小姐调查,您请回吧!"

"你们是谁?"

陈飞妻子仍不甘心。

陈静美指着刘洋凯对她说:"这位是大侦探刘先生,正在为警察局调查一起谋杀案。"

刘洋凯拿出执照:"这是我的证件。"

陈飞妻子瞄了一眼证件,又看看众人,悻悻地走了。

陈静美问李明秀:"阿秀,你在祭奠白莹时,带的是什么手帕?"

李明秀掏出手帕:"就是这条。"

刘洋凯从近处看这条手帕,认定它跟白莹临死前咬下的手帕款式完全一样,觉得萦绕白莹之死的迷雾正在散开。

"李明秀小姐,这条手帕是从哪里买的?"刘洋凯问。

"不是买的,而是我的老板送给我的,一共五条,我用了一条,其余四条在柜子里。"

"你老板的手帕是哪里来的? 这种手帕在雅加达有多少?"

李明秀反问刘洋凯:"这个问题很重要吗?"

"很重要。它可能有助于我们追查杀害白莹的凶手。"

"要是这样的话,我一定尽早去问我的老板,尽早答复你们。"

"什么时候?"陈静美问。

"明天下午吧! 我在家里等你们。"

"那就谢谢你了!"陈静美拉着李明秀的手说。

田芳芳叮嘱道:"阿秀,一定要问清楚啊!"

"我会的。"李明秀凝重地点点头。

田芳芳、陈静美、刘洋凯走后,陈飞迫不及待地从厕所里跑出来。

"阿秀,你的朋友这回可帮了大忙了!"他感激地说。

"来得早不如来得巧,他们来的时间太巧合了!"李明秀颇感欣慰。

"当我老婆走过来拧厕所门上的球形锁时,我的心脏都快跳到嗓子眼了!"陈飞心有余悸。

"是您的福气好,运气佳,逢凶化吉!"

"阿秀,你的朋友帮我解了围,我要协助他们调查。"陈飞说。

"您都听见了?"

"听到了,是关于手帕的事。"

"您给我的手帕是哪里来的?"李明秀问。

"其实几句话就可以说清楚,但我当时不便于从厕所里出来告诉他们。"

"那您现在告诉我,我明天转告他们。"

陈飞说:"这种手帕有两种款式,一种是所谓的普及版,在雅加达市面上可以买到;一种是珍藏版,在雅加达买不到,两者的区别是后一种手帕压了几道金线。"

李明秀摊开手帕一看,果然压了几道金线。

"这种珍藏版手帕在雅加达买不到,您是从哪里买来的?"她问。

"一位从国外回来的朋友送给我的,总共一打,十二条,我给了你五条,给老婆五条,我自己留了一条。"陈飞说。

"还有一条呢?"

"送给了余光。"

"那位教艳舞的教练?"

陈飞点点头:"他是我认识你的介绍人。"

李明秀又问:"您给您夫人的五条手帕,她没有转送别人吧?"

陈飞用不容置疑的口气说:"连她自己都还没有用上,全都锁在柜子里。"他说完,直奔房门。

"怎么,您今晚不在这里过夜?"

"今天不啦,我得赶回去。"

李明秀示意陈飞等一下,她将房门拉开一条缝,向外窥视一番,然后对陈飞点点头。

这表示"门外无人,可以通行"。

陈飞来不及实行平时每次必做的"吻别"仪式,一溜烟走了。

李明秀刚关上门，刘涛就从大衣柜里冲出来，直奔厕所："把我憋死了！"

李明秀忍俊不禁，扑哧笑出声来。

第二天下午，刘洋凯、陈静美、田芳芳如约来到李明秀家，李明秀把这十二条手帕的去向如实告诉了他们。刘洋凯对她表示感谢。李明秀说："白莹是我的好朋友，协助你们追查杀害她的凶手，我义不容辞，以后有什么事情我能帮得上忙的，尽管来找我。"

陈静美笑着对李明秀说："你的老板是电灯公司的营业所所长，权力不小，我们会来找你的！"

李明秀把他们送到门口，热情地说："我随时欢迎你们来玩！"

第十三章　旅游胜地

巴厘岛是印度尼西亚所有岛屿中最美丽、最令人向往的地方,很多游客来到巴厘岛后不愿离开。

库塔是巴厘岛最经济的旅游目的地。它过去只是个纯朴的小村落,但是蕴藏着旅游业的巨大商机。来自雅加达的有钱人和华人看上了这个淘金窟,投以巨资使它旧貌换新颜,成为越来越繁荣的旅游胜地。

刘洋凯、陈静美为了查明方刚的去向,找到刘涛,获知方刚在巴厘岛的库塔工作,于是三人一起赶往库塔。

在刘涛去寻找方刚时,陈静美因刘洋凯第一次来巴厘岛,带他到库塔海滩,对他说,这里是巴厘岛上最繁忙的度假中心。刘洋凯看到海滩上到处都是白细无瑕的沙子、穿着比基尼的美女、晒日光浴的半裸猛男。

夕阳西下,陈静美、刘洋凯在库塔海滩上找到一个绝佳的观景点,观看火红的太阳缓缓坠落海面的美景。

夜幕低垂,二人来到库塔街上。这里遍布着象征西方文明的啤酒屋、西餐厅、咖啡馆,这些使这里成为喜爱夜生活的人们寻欢作乐的好去处。

方刚的老板在吉安街开了家夜总会,里面有四百多间不同音乐主题的房间,涵盖摇滚、灵魂、蓝调、雷鬼和另类音乐,入口处中央大舞台上巨大的电视墙正在播放流行音乐电视。灿烂的灯光、精彩的节目,像绚丽的礼花在巴厘岛夜空绽放。

方刚在一间包房内会见刘涛、刘洋凯、陈静美。

寒暄一阵后,他直言不讳地告诉大家:

"我跟白莹曾经相好了一段时间,她后来跟汪又贵把关系固定下来,我就退出了,但我一直暗恋白莹,不久前我休假回到雅加达,听说汪又贵被杀害了,我想恢复跟白莹的关系,但因为汪又贵刚死,不便提出来,也不敢同白莹接触,连她住院,我也不便去看她。"

"那你怎么在星期天晚上看到余光去了圣玛丽医院呢?"刘涛困惑地问。

"我虽然没有到医院里面看望白莹,但我有两次去了医院,在外面为白莹祈祷,祝福她早日恢复健康。我发现余光去了圣玛丽医院,是我第二次在医院外面祈祷的时候。"

"能把当时的情况谈具体一点吗?"刘洋凯说。

"行。"方刚喝了一口咖啡,说,"那个星期天晚上,我再次来到圣玛丽医院,站在医院对面的树下,望着白莹病房的窗户,默默为她祈涛。到了深夜十二点钟,除了有一辆救护车送病人到医院急诊,医院门口就再也没有人进出,一片寂静。我正准备回家,看到一辆出租车在医院门口停下,余光从车上下来,匆匆进了医院。当时我并没在意,乘坐同一辆出租车回家了。直到第二天听说白莹被谋害,我才开始怀疑。"

刘涛问:"阿刚,你是说,那天晚上,你是坐余光坐过的那辆出租车回家的?"

"是呀!"方刚说,"我还记得那辆出租车的车号,如果有必要,可以去找那位司机,他可以证明上星期天晚上的事情。"

刘洋凯跟陈静美对了一个眼神。

余光的舞蹈训练班开在巴厘岛的库塔,他此刻正在教学员跳舞。

一位年轻女子走进来,银铃似的声音喊道:"余教练!"

余光闻声,让学员们自己练习,走过去接待她。

那位女子自报家门:"我叫罗婷。"

余光愣了一下,然后似有所悟:"啊,是罗婷小姐呀,我听说过你的芳名。"

"那你知道我老公吗?"罗婷问。

"你是说大名鼎鼎的侯社长、侯子怀先生吗? 我当然知道,他对我很好,而且是这个训练班的赞助人。"余光说。

"我老公让我来跟你学跳舞。"

"欢迎！欢迎！"

刘洋凯返回雅加达，来到警署，向麦克伦警长报告了巴厘岛之行的情况。

艾丽斯也在座。

麦克伦说："刘先生，真是难为您了，亲自到巴厘岛调查，获得这么重要的线索。"

艾丽斯说："余光有一条跟白莹临死前咬下的手帕完全一样的手帕，又在白莹被害前的那天深夜去过圣玛丽医院，他是本案的头号疑凶。"她转向麦克伦，"警长，我们可否跟巴厘岛警方联系，传讯余光？"

"暂时还不能动他。我们还没有余光作案的直接证据。"

刘洋凯说："所以，我准备再去巴厘岛，跟余光学跳舞，近身进行侦查，获取直接证据。"

麦克伦赞许道："这个主意不错！"

艾丽斯对麦克伦说："警长，自从我的同学接手从祁再发开始的系列谋杀案以来，大大减轻了您的压力，是不是？"

"那当然！"麦克伦笑着说："你又为你的学长摆功了？"

艾丽斯嫣然一笑："这是事实嘛！"

刘洋凯第二天就到巴厘岛余光的舞蹈训练班上课了。

余光对男女学员说："本期舞蹈训练班教授探戈，这是一种独特的性感舞步,是在布宜诺斯艾利斯和蒙得维的亚等拉美城市的舞厅中发展起来的。如今,探戈以浪漫的特征而闻名全世界。下面,请各位学员男女搭配,自由组合。"

学员们于是各自选择异性舞伴。

罗婷走到刘洋凯面前说:"我叫罗婷,先生贵姓?"

"我姓刘。"

"刘先生,您可以做我的舞伴吗?"

"不胜荣幸!"

学员们男女搭配完毕,余光对身边一位女子说:"你今天当我的舞伴,我们一起做示范动作。"

节奏鲜明、旋律欢快的探戈舞曲,从组合音响里飘出来,男女学员分别仿效余光和那位女子的姿势,亦步亦趋地舞动。

一位工作人员通知余光到办公室接电话,他便让学员们停下来休息。

罗婷和刘洋凯坐到长椅上。罗婷搭讪道:"刘先生,你今天刚来,就跳得这么好!"

刘洋凯谦逊地一笑:"因为你跳得好,带动了我。"

"我以前学过舞蹈,有点基础。"

"原来学过,怎么现在又要学呢?"

"这是我老公的主意。"

老公支持老婆跳舞,这种情况不多见,引起了刘洋凯的注意。

"当老公的一般都不主张妻子单独外出跳舞,你老公这么开明?"刘洋凯试探地问道。

心直口快的罗婷说:"我老公侯子怀,是一家华人企业的社长,当然不会跟别人一样。他因公务繁忙,没有时间陪我,看我一个人在家很寂寞,就让我来这里跳舞打发时间。"

刘洋凯表示理解地点点头,又问:"巴厘岛还有更大、更正规的舞蹈训练中心,你老公为什么让你到这个小训练班来呢?"

罗婷说:"我老公跟余光很熟,还是这个训练班的赞助人……"

余光在办公室接电话:"您是哪一位?"

电话里的声音:"余老板,是我,侯子怀。"

"啊,侯社长,您好。您夫人今天来了吗?"

"她昨天才当面向你报到,你今天就认不出她了?"

"对不起,我没注意。"

"你的眼睛专门注视漂亮女人,当然看不到她。我问你,我夫人叫什么名字?"

"她叫……今天来上课的学员多,我忘记了,真的很抱歉!"

"她叫罗婷!"对方气愤地说。

余光再三赔礼,并说:"侯社长,请您放心,我一定为您的夫人'开小灶'。"

"你得抓紧时间!"

"是,侯社长!"

余光挂断电话,返回训练场地,对学员们说继续进行训练。

他在从各自休息的地方向场地中心集中的学员中间寻找罗婷,可是忘记了她的长相,一时找不出来,不得不喊道:"谁是罗婷小姐?"

"我是!"罗婷噘着嘴对余光说,"你昨天才见过我,今天就不认识了? 真是贵人多忘事!"

余光说:"罗婷小姐,请过来跟我一起跳。"

罗婷略带歉意地对刘洋凯说:"刘先生,那我过去了。"

"去吧!"刘洋凯挥挥手。

罗婷走到余光身边时,余光指示自己原来的舞伴去跟刘洋凯一起跳。

音乐又起。

余光轻轻挽着罗婷跳起探戈。

男女学员合着音乐的节拍,模仿余光和罗婷的动作翩翩起舞。

罗婷同余光配合默契,两人舞姿潇洒、优美、舒展,轻盈时如蜻蜓点水,欢快时像鼓点跳动,令全场学员羡慕不已。

一曲终了,响起热烈的掌声。

罗婷优雅地向学员们鞠躬致谢。

下课时,余光对罗婷说:"你明天上午再来,这样只有我们两个人,别人不会干扰。"

罗婷喜出望外:"你要给我'开小灶'?"

"对。你条件很好,我想重点培养你。"

"那就谢谢了!"

缓步离开训练场地的刘洋凯,听到了两人的谈话,不禁回眸瞥了余光一眼。

余光没有觉察到。

刘洋凯离开舞蹈训练班,回到饭店给陈静美打电话,告诉她在余光的舞蹈训练班上课的情况,并谈到对罗婷的老公侯子怀的怀疑:为什么支使老婆独自出来跳舞?

陈静美也有同感,并主动提出,她来摸一摸侯子怀的有关情况。

第十四章　浴室谋杀

罗婷穿着一套紧身舞蹈服走进训练班。

场地上阒无人迹。

余光从楼上走下来,张开双臂迎接罗婷。

"余教练,早上好!"

"罗婷,你今天真漂亮!"

"别瞎恭维,你这里漂亮小姐多的是,我还排不上号。"

余光将罗婷从头到脚欣赏了一番,然后说:"下个月要举行探戈大赛,你要抓紧练习,争取拿名次,有没有信心?"

"我倒有信心,只看你是不是有耐心。"

"我肯定有耐心!"

"那就全仗你栽培了!"

音乐起,两人又跳起探戈。

角落里,刘洋凯的眼睛闪闪发亮。

余光果然有耐心,不厌其烦地辅导罗婷。罗婷也虚心好学,直到汗水浸湿了她的衣服,她才不得不停下脚步。

罗婷抹了一把汗:"哎呀,衣服都湿透了!"

余光看见舞蹈服紧紧地绑在她的身上:"这是因为你跳得十分认真。"

"你这里有没有洗澡的地方?"罗婷问。

"当然有。"余光淡淡一笑,"我为你准备了专用浴室。"

"你想得真周到!"

余光领着罗婷进入浴室。

罗婷关上房门,脱下濡湿的衣服,轻声哼唱:"哥哥,你别忘了我呀,我是你亲爱的梅娘……"

余光正在偷看罗婷洗澡,工作人员通知他接电话。

电话是侯子怀打来的。

他在电话里问余光:"你准备什么时候动手?"

余光对着话筒说:"侯社长,我正在寻找机会。"

"罗婷这会儿在干什么?"

"她正在洗澡。"

"我看你是故意拖延时间,莫非你想跟她一起洗鸳鸯浴?"侯子怀很不满意。

"侯社长,我哪敢有非分之想?"余光急了,"真的是时机还不成熟。"

"余光,你是不是上次得到的那笔钱还没花完?"

"不是不是。你知道我这个人毛病多,日嫖夜赌,还要吸食可卡因,那笔钱早就花完了。我正等着您的赏金呢!"

"那你得抓紧呀!"

"侯社长,我一定抓紧!"

对方挂断电话。余光还拿着听筒,若有所思。

刘洋凯在窗外听到余光说的话,对侯子怀这次送妻学舞的意图猜到了一半。

余光所扮演的角色渐渐清晰起来。

刘洋凯回到饭店,陈静美打电话告诉他:"侯子怀确系雅加达一家华人企业的社长,眼下在巴厘岛拓展业务,他财大气粗,同一位电影明星打得火热。"

"他是跟这位电影明星是逢场作戏吗?"刘洋凯问。

"侯子怀这次可不是玩一夜情,而是想天长地久。"

"要跟她结婚?"

"可不是。如今有几个男人能有幸跟电影明星结婚的?"

陈静美认为,侯子怀一定会想方设法跟那个女明星结婚。

舞蹈训练班。

余光继续教罗婷跳探戈。

而后,满头大汗的罗婷去浴室洗澡。

余光又接到电话。

电话里是侯子怀的声音："余老板,时机还没成熟吗?"

余光对着听筒说："报告侯社长,已经差不多了。"

"那你打算怎么办?"

"罗婷每次跳完舞都要去洗澡,我准备把电流引进浴室,让她洗澡时触电死亡,看起来像是一起事故。"

"唔,这个主意不错。什么时候动手?"

"星期三。"

"不,星期五,"电话里的声音更正道,"星期五我要回雅加达,不在巴厘岛。这样我就有了不在现场的证明。"

余光加重语气说："侯社长,您会满意的!"

刘洋凯打电话给艾丽斯,把对余光进行"近身侦查"的情况和下一步的打算告诉她。

艾丽斯对刘洋凯这么快就摸清案情表示赞赏,并提出在他的下一步行动中予以配合。

这天,罗婷刚跳完舞,大汗淋漓,对余光说："衣服又汗湿了,我去洗澡。"

"我等你。"

余光的嘴角微微一动,露出不易察觉的阴谲的笑容。

罗婷走进浴室,锁上房门。

她对即将发生的事情全然不知,愉快地哼着歌曲。

罗婷一边哼唱,一边脱掉贴身衣裤,向洁白的浴缸走去。

她走到浴缸边,一只脚踏进浴缸,去打开水龙头放水,手刚刚挨到水龙头,突然电光一闪,她惊叫一声,顿时倒在浴缸里。

余光站在浴室外面的走廊上抽烟,侧耳细听浴室里的动静。

工作人员前来告诉他:"余老板,雅加达打来的电话!"

余光接听电话:"我是余光,您是……?"

电话里的声音:"余老板,我是侯子怀,怎么连我的声音也听不出来?"

"侯社长,对不起,这是长途电话,可能有点变声。"

"事情办得怎么样了?"

"报告侯社长,罗婷进浴室已经有一会了,我想她现在已经倒下了。"

"你有把握?"

"这么高的电压,任何人都难逃一劫!"

电话里的声音有点激动:"你现在准备干什么?"

余光扬扬得意,口水喷到话筒上:"我准备去收尸!"

他挂上电话,走到浴室门口,用钥匙打开房门。罗婷一动不动地倒在浴缸里。

余光见谋杀成功,心中大喜,却故意喊道:"快来人哪! 出事了!"

通知他接电话的工作人员闻声跑来："余老板,出了什么事!"

"罗婷洗澡昏倒,快叫救护车!"

刘洋凯从走廊上走过来："余教练,别装模作样了!"

余光大吃一惊："你是谁?"

"余教练真是贵人多忘事,我是你的学员。"

"啊,我记起来了,你是刘先生,你的探戈跳得很好。"

"承蒙夸奖。"

余光问："你来干什么?"

刘洋凯义正词严："来揭发你的罪行。"

"罪行? 什么罪行?"

"故意杀人罪。"

"刘先生,这种玩笑可开不得! 你看见了吧? 电流偶然传到浴室,罗婷不小心触电,这是一次事故!"

"是你把电流引到浴室的,这不是事故,而是预谋杀人。"

余光阴毒地一笑："你有证据吗?"

刘洋凯出示了一盘录像带："我已经把你将电线铺到浴室的过程录了像,铁证如山。"

余光瞪着录像带,哑口无言。

刘洋凯收回录像带："我还告诉你,我已经把你铺设的电线换成了低压,罗婷并没有死,她只是受了惊吓,很快就会醒过来。"

罗婷从浴室里走出来："我已经醒过来了!"

余光惊呼:"罗婷!"

"你这个衣冠禽兽,不配喊我的名字!"罗婷转向刘洋凯,"刘先生,你刚才说的话我都听到了,谢谢你救了我的命!"

余光乞求道:"刘先生,求求你放过我吧,我是受人指使。"

刘洋凯对他说:"我知道你是替别人当作案工具,但是罗婷不会放过你,白莹更不会放过你!"

余光更加吃惊:"白莹?白莹的事你也知道?"

罗婷指着余光的鼻子说:"余光,我跟你往日无冤,近日无仇,为什么要害我?"

"我是受了……"余光欲言又止。

罗婷对刘洋凯说:"刘先生,我们报告警察吧!"

身穿警服的艾丽斯和一位巴厘岛警察兀地现身。艾丽斯说:"不用了,我们已等候多时。"

罗婷一脸惊讶。

余光惊恐万状。

那位警察拿出手铐,咔嚓一声,将余光铐上。

余光被押回雅加达。在警署讯问室内,余光对艾丽斯、刘洋凯说:"是侯社长为了扫除跟一位电影明星结婚的障碍,指使我密谋杀害他的妻子罗婷。我以上谈的全部过程句句是实话,没有半点隐瞒。"

刘洋凯说道："再谈谈白莹是怎么被害的。"

余光要求喝水。艾丽斯倒杯水递给他。

余光招供谋杀白莹的经过："白莹是向我学跳艳舞的学员。那天晚上十二点钟,我趁夜深人静,医院可以自由出入,乘的士来到医院门口……"

余光潜入医院。走廊内阒无人迹。余光推门进入白莹病房。白莹正在熟睡。余光掏出手帕捂住白莹的口、鼻。白莹因呼吸不畅惊醒。她想喊,但因口被捂住,喊不出声。余光继续捂住白莹口、鼻。他的两眼射出凶光。白莹拼命挣扎,双手抓住余光的手,两脚用力蹬着。余光加大捂住白莹口、鼻的力度。白莹继续挣扎,牙齿咬下手帕一角。白莹终因反抗无效,窒息死亡。余光见白莹已死,收回手帕,但未留意到手帕的一角仍留在白莹的口腔内。余光溜出病房,轻掩房门,穿过走廊,若无其事地走出医院……

余光招供完,又喝了一大口水。

刘洋凯问："余光,你捂白莹的手帕是在哪里买的?"

"不是买的,是陈飞送给我的。我跟他很熟。"

艾丽斯问："那条手帕呢?"

余光抬头望了艾丽斯一眼,随即低下头:

"事后,我发现那条手帕少了一个角,猜想一定是被白莹咬在嘴里了,心里十分恐慌,害怕警察追查,就把手帕扔了……"

第十五章　深夜枪声

雅加达晴朗的夜空中，突然响起三声清脆的枪声。

旋即，警署值班室接到报警电话。

"警察局吗?"电话里传来女人惊慌的声音，"我要报警，这里有人开枪……"

值班员对着话筒说："请讲慢一点。你叫什么名字? 在什么地方? 发生了什么事?"

"我叫罗西娅，在景明大楼 505 室。刚才有人在大楼内开枪，我的老板可能被打死了，我也有生命危险……"

"你的老板叫什么名字? 在什么单位工作?"

"我的老板叫周义生，是新都会歌舞厅经理……"

讯问室内，对余光的讯问仍在进行。

艾丽斯问："余光，你为什么要杀害白莹?"

"受人指使。"

"受谁指使?"

"新都会歌舞厅经理周义生。"

艾丽斯惊讶地同刘洋凯对了下眼神。

当艾丽斯和值班员将各自获得的情况报告给麦克伦警长时,麦克伦当即指示艾丽斯带探员赶赴现场,并以征求意见的口气对刘洋凯说:

"刘先生,指使余光杀死白莹的元凶周义生可能已被人打死,案情又有新的发展,我不得不麻烦您继续协助我们工作,请您跟艾丽斯他们一起出现场,您看可否?"

刘洋凯答道:"警长不必客气,我愿意效劳。"

警车嘶鸣,载着刘洋凯、艾丽斯及几位探员火速驶往景明大楼。

刘洋凯一行登上五楼,赫然发现一名中年男子蜷伏在楼道里,伤口上的血汩汩往外流。

刘洋凯当即认出被害人,对艾丽斯说:"就是他,新都会歌舞厅的周经理已经死了。"

艾丽斯皱皱眉头:"他指使余光谋害白莹,自己又被人杀死,是因果报应,还是另有隐情?"

刘洋凯说:"我看这两种情况都有。"

他查看了周义生的尸体及现场后,又说:"被害人因枪击致死。

他身中三弹,但是,在现场没有找到子弹壳。"

"这三颗子弹壳跑到哪里去了呢?"

艾丽斯在地上找了一遍,也没有找到。

"可能被凶手藏起来了。"刘洋凯推测道。

他们来到505室。

房门紧闭。

刘洋凯敲门,无人应声。

艾丽斯大声问道:"里面有人吗?"

片刻,房门才打开,一位年轻女人蹒跚地走出来。

刘洋凯认出她就是周经理的秘书罗西娅。

她的目光呆滞,一副劫后余生的模样。

"谢天谢地,终于盼到你们了!"

罗西娅舒了一口气。

刘洋凯问:"罗西娅小姐,是你报的案?"

"您认识我?"

"我们在新都会歌舞厅见过面。"

"对,我记起来了,你是刘侦探。"

刘洋凯朝楼道那边望了一眼:"那个不幸的死者好像是周经理。"

罗西娅惊讶地说:"他真的死了?"立刻向楼道跑去。

当她看到蜷伏在地上的尸体时,惨叫一声,站立不稳,向地上倒

去……

艾丽斯急忙上前,将罗西娅扶住。

她对刘洋凯说:"我把罗西娅小姐扶回房间休息。"

刘洋凯点点头,同一名探员勘查现场周围。

他俩在四楼太平门旁边发现一名身穿保安服的年轻人,他的手脚被绳子紧紧地捆绑着,口里塞着毛巾。

那个探员去给保安松绑。

刘洋凯走过去问:"你叫什么名字?怎么会成这个样子?"

保安答道:"我叫鲁大发,是大楼的保安。这座大楼是写字楼,晚上大楼里的人都下班了,很安静。大约二十分钟以前,我在四楼巡逻,突然听见五楼传来枪声,便上楼查看,刚到太平门,后脑壳被什么东西重重地砸了一下,当时就昏过去了,对以后发生的事情全无所知。"

"砸到哪里了?"

鲁大发挠着后脑勺:"这里。"

刘洋凯走过去掰开他的头发,用手电筒照看。

刘洋凯的脸色一变:"鲁大发,别瞎编了!"

鲁大发一愣:"什么?"

刘洋凯指出:"你的后脑勺没有任何伤痕,也没有血肿,所谓被重物打砸,当场昏迷,全是谎言!"

鲁大发辩道:"我确实被人打昏了!"

"还在骗人!"刘洋凯命令道,"鲁大发,把手伸出来!"

鲁大发伸出一双发抖的手。

刘洋凯审视这双手。

而后,他对同来的探员说:"阿伦,把鲁大发带下去,对他的双手进行石蜡试验。"

阿伦将鲁大发带走。

刘洋凯返回 505 室。

罗西娅已清醒,艾丽斯正向她问话。

刘洋凯问:"罗西娅,好些了吗?"

"多谢艾丽斯警官照料,我好多了。"

刘洋凯发现这是一间带有卧室的办公室,就问:"罗西娅,周经理晚上不回家,在这里睡?"

罗西娅点点头:"他有时在这里办公,时间晚了,就睡在这里。"

"罗西娅小姐怎么今天晚上也在这里?"

"因为我是周经理的私人秘书。"

刘洋凯领悟到其中含义,啊了一声。

罗西娅羞涩地低下头。

艾丽斯为了让刘洋凯直接听到罗西娅的陈述,同时也为了解除她的窘境,对她说:"罗西娅,你把刚才对我谈的情况,再谈一遍好吗?"

罗西娅点点头:"今天晚上,周经理刚上床,就听到门外有人喊他……"

周义生听到喊声,从床上坐起,自语道:"这么晚了,有谁找我呢?"

躺在他旁边的罗西娅说："别理他！"

门外又喊："周经理！周经理！"

周义生侧过头对罗西娅说："看来不理是不行的，我出去看看。"

周义生下床，趿着拖鞋走到办公室，打开电灯。

罗西娅也坐起来，透过卧室的小门，看到周义生开门外出，并听到他关门的声音。

一阵杂乱的脚步声从楼道里传来，罗西娅的脸上顿时掠过一片阴云，她不安地想，一定有人在跟周经理纠缠。

果然，一个男人的声音喊道："你去死吧！"

紧接着，连续响了三枪。

枪声中夹着周义生的惨叫声。

罗西娅知道出了大事，慌忙下床，匆匆走到外面的办公室，将房门锁上，然后躲到办公桌下面。

她等到外面恢复平静，才从办公桌下面爬出来，耳朵贴在门上听了一会，才拿起电话报警。

罗西娅对刘洋凯说："这就是事情的全部经过。"

刘洋凯问："你认为门外的那个人会是谁呢？"

罗西娅说："那个声音很陌生，应该是我不认识的人。"

阿伦走进来，对刘洋凯耳语："有发现！"

刘洋凯、阿伦走出房间。

阿伦告诉刘洋凯："石蜡试验表明，鲁大发手上沾有火药，有作案嫌疑。"

"果然是这样!"刘洋凯说,"但鲁大发不可能自己捆绑自己,还有同案犯。"

阿伦说:"对! 还有那些子弹壳,一定要找到。"

刘洋凯回到505室,对艾丽斯说:"你再跟罗西娅聊聊,我到那边看看。"

鲁大发被看守在作为临时办公室的另一间房内。刘洋凯走进去狠狠瞪了他一眼,劈头问道:

"鲁大发,子弹壳呢?"

"什么子弹壳?"鲁大发一怔,随即说道,"我听不懂您的话。"

刘洋凯提高音调:"子弹壳在哪里?"

鲁大发下意识地动了一下右脚。

刘洋凯锐利的目光注意到这个微小的动作。

他命令道:"鲁大发,把鞋子脱下来!"

鲁大发拒不脱鞋。

阿伦强行脱下鲁大发的鞋子。

两颗闪亮的子弹壳从鞋子里蹦出来。

鲁大发瘫坐在椅子上。

他哭丧着脸说:"我有罪,我承认谋杀周经理,但我只开了两枪,并没有把他打死……"

刘洋凯问:"你朝周经理身上的什么部位开了两枪?"

鲁大发比画着说："一枪在他的右膝,一枪在他的右肩。我并不想把他打死……"

阿伦问："第三枪是谁打的?"

鲁大发沉默不语。

刘洋凯态度严厉地对他说："如果你不交代打第三枪的人,那你自己就兜着吧!"

他和阿伦来到楼道里,阿伦说："刘先生,您真厉害,鲁大发的一只脚轻轻动一下,也没有逃过您的眼睛! 他不得不供认向周经理开了枪。"

刘洋凯说："鲁大发供认向周经理开了两枪,案件只破了一半,而且是一小半。"

"那倒是的,"阿伦说,"必须找到第三颗子弹壳。"

电话铃响了,阿伦走进房内接电话,而后出来对刘洋凯说:

"技术人员从死者身上取出了子弹头,经过检验,证明是从一支猎枪里射出来的。"

刘洋凯获知杀死周义生的凶器是猎枪后,对阿伦说："我去找猎枪,你们去找第三颗子弹壳。"

刘洋凯回到 505 室,试探性地问罗西娅："你认为周经理是因为什么事而遭人暗算?"

罗西娅面无表情："我也说不准。"

艾丽斯问："罗西娅,你给周经理当私人秘书有多久了?"

罗西娅说:"快一年了。"

"时间不短呀!"艾丽斯对她说,"在一年时间里,你跟周经理朝夕相处,照理就应该对他的情况相当熟悉。"

罗西娅垂下头:"让我想想。"

在艾丽斯对罗西娅进行启发式谈话时,刘洋凯对整个房间进行仔细观察,从卧室走到办公室,又从办公室走回卧室,审视着每件摆设和物品。

刘洋凯第三次进入办公室时,他突然发现柜子上面放了一个长方形的物件,问:

"罗西娅,柜子顶上放的是什么东西?"

罗西娅顿时脸色大变:"那……那是……那是周经理的猎枪。"

艾丽斯用一把椅子垫脚,从柜顶取下猎枪。

她将猎枪交给刘洋凯时,给了他一个眼神:"枪管还有余温。"

刘洋凯摸摸枪管,领会了艾丽斯的意思:

"这就是说,离破案不远了!"

艾丽斯问:"你要把猎枪拿去做弹道试验?"

"对。"刘洋凯狠狠瞪了罗西娅一眼,对艾丽斯说,"你好好陪陪罗西娅小姐。"

他将"陪陪"二字说得很重。

罗西娅的嘴角抖动了一下。

阿伦和一名探员在大楼内四处查找第三颗子弹壳。

那名探员说："看来第三颗子弹壳找不到了。"

阿伦不甘心："再找找看吧。"

刘洋凯提着猎枪返回 505 室。

艾丽斯问："弹道试验的结果出来了？"

"出来了。"刘洋凯说，"跟我们预想的一样。"

他对罗西娅说："我们郑重地告诉你，弹道试验证明，杀害周经理的子弹是从这支猎枪里射出的。这就是说，周经理是被自己的猎枪打死的。"

罗西娅的嘴角又抖动了一下。

"但是，周经理不会自杀，"刘洋凯指出，"他是被别人打死的。"

罗西娅的嘴角抖动得更厉害了。

艾丽斯注意到她的反应。

刘洋凯继续说："那么，凶手是谁呢？外来人员不可能在杀了人后把凶器藏在大楼内，疑凶显然是大楼里的人！"

刘洋凯走近罗西娅，眼睛直视着她："当时这里没有别人，只有你一个人！"

罗西娅哇地哭起来："刘侦探，我错了！"

她抹了一把眼泪，开始供述：

"自从周经理要我当他的私人秘书，他就从各方面占有了我。他是老板，我是打工的，老板发号施令，我全盘照办；他是男人，我是弱女子，除了工作，还要随时供他玩弄。我忍受不了这种非人的折磨，提出离开他另谋出路,周经理就威胁我:'加薪可以,休假可以,辞职却不行,否则,你只有死路一条!'我知道他说得出做得到,只得忍气吞声留下来。前不久,大楼的保安鲁大发告诉我,说周经理经常口出秽言,辱骂服务人员,大楼里的几个保安对他极为不满,想干掉他。我一听,非常高兴,认为这样就可以永远摆脱他了,就跟鲁大发串通,由我出钱,鲁大发去安排杀手……"罗西娅说到这里,喝了一口水,"这就是我雇用凶手杀人的前因后果。"

刘洋凯说:"接着往下说。"

罗西娅继续供述:

"昨天晚上,鲁大发告诉我,原来答应当杀手的那个人临阵退缩,只好由他亲自上阵,定于今天晚上动手。鲁大发要我到时候把猎枪放进垃圾桶里,他假装收拾垃圾,取出猎枪,然后敲门喊周经理,等周经理出来开门时干掉他。鲁大发打死周经理以后,我本想把猎枪扔掉,但鲁大发说丢了可惜,要我送给他,我答应了,可他一时找不到藏猎枪的地方,我只好又把猎枪拿回来,搁在周经理平时放猎枪的柜子顶上。然后,我将鲁大发捆绑堵口,制造假象,再打电话报警。"

罗西娅说到这里,沉默下来。

艾丽斯问:"说完了?"

"说完了。"罗西娅答道,"周经理虽然是被鲁大发打死的,但我收买了鲁大发,我有罪。"

罗西娅低下头,一副认罪的样子。

刘洋凯突然转移话题,问:"罗西娅,你认识余光吗?"

罗西娅抬起头:"不认识。"又急忙改口道,"认识。"

艾丽斯问:"到底是认识还是不认识?"

罗西娅说:"认识。余光曾经在我们新都会歌舞厅教舞女们跳艳舞,他现在在巴厘岛开了个舞蹈训练班。"

阿伦走进来,悄声对刘洋凯说:"我们搜遍了整个大楼,没有找到第三颗子弹壳。"

刘洋凯微微点头,表示明白。

他走到罗西娅面前,双目炯炯地盯着她。

罗西娅惊恐地低下头。

刘洋凯问:"罗西娅,那颗子弹壳在哪里?"

罗西娅的眼帘往上抬了抬,怯生生地望了刘洋凯一眼:"我不知道,我不知道……"

刘洋凯给艾丽斯一个眼神。

艾丽斯立即说道:"罗西娅,你不交代那颗子弹壳的下落,我可要搜身了!"

"不要搜,不要搜,我自己拿出来!"

罗西娅将手从上衣领口伸进去,从胸前拿出一颗子弹壳。

艾丽斯从她手上接过子弹壳。

她问:"罗西娅,这颗子弹壳怎么在你身上?"

"当时,鲁大发在地上寻找子弹壳,捡到两颗,我怕时间来不及,就帮他捡了这一颗。"

罗西娅回答时,声音软弱无力。

刘洋凯示意阿伦看住罗西娅,同艾丽斯来到扣押鲁大发的临时办公室。

当第三颗子弹壳出现在鲁大发面前时,他大惊失色。

刘洋凯指出:"这就是给周经理致命一击的子弹留下的弹壳。鲁大发,这一枪到底是谁打的?"

鲁大发像泄了气的皮球:"侦探先生,我服了,我说,我说……"

艾丽斯打开录音机。

鲁大发供述:

"罗西娅小姐平时就待我不薄,关照我,而周经理经常骂人,我非常恨他,所以当罗西娅提出叫我联系杀手干掉周经理时,我满口答应了。可是那个杀手嫌钱少了不干,一时又找不到别的人,我只好硬着头皮上阵。昨天晚上,我从垃圾桶里取出罗西娅藏在里面的猎枪,敲门把周经理喊出来,因为我从来没有杀过人,心里很害怕,朝周经理开了两枪都没有打中要害,周经理慢慢倒下,同时发出惨烈的求救声:'罗西娅,救命!罗西娅,快来救我……'罗西娅闻声跑出来,看见我呆呆地站着,急忙用手推我,并大声对我说:'快!快开枪,他还在动!他还没有死!'这时,倒在地上的周经理睁大两眼死死地瞪着我,还伸出两只手愤怒地向我挥过来,吓得我动弹不得。罗西娅见我被吓成这个样子,她一不做,二不休,一把夺过我手中的猎枪,跨前一步,朝周经理的脸上开了一枪,子弹从右眼贯穿头部,周经理就这样被打死了。"

这台录音机摆放在罗西娅面前。

刘洋凯、艾丽斯让她听鲁大发的供词。

录音机里传出鲁大发的声音:

"……罗西娅见我被吓成这个样子,她一不做,二不休,一把夺过我手中的猎枪,跨前一步,朝周经理的脸上开了一枪,子弹从右眼贯穿头部,周经理就这样被打死了。"

录音机停止运转,505 室一片沉寂。

罗西娅两眼失神,呆滞地望着空中的某一点。

艾丽斯问:"罗西娅,当时的情况是不是这样的?"

"是的。"罗西娅的声音有点沙哑,"第三枪是我打的。"

"你为什么要杀害周经理?"刘洋凯问。

"除了我前面谈的原因,还有一个紧迫的原因。"

"紧迫的原因?"艾丽斯不解地重复道。

"对。我今天不杀死他,他明天就会杀死我。"

艾丽斯问:"什么意思?"

罗西娅承认自己给了周义生致命的一枪,反倒从惊恐状态中恢复过来。她平静地说:

"白莹的男朋友汪又贵杀死舅舅祁再发,劫走了陨石做的美女雕像,一时无法转手,就把它交给了白莹;汪又贵被人杀死后,白莹很害怕,就将雕像交给周经理保管,并由周经理寻找下家,卖出的钱跟白莹

对半分。周经理为了独吞雕像,雇用余光杀死白莹。白莹一死,知道
雕像下落的就只剩下我一个人了,周经理于是又找余光,想让他把我
也杀死;但余光跟我关系很好,暗中把这事告诉了我,令我万分惊讶!
周经理既然对我不仁,我就有理由对他不义!如果我不先下手,那么,
你们今天看到的死者就是我。"

505室又陷于沉寂中。雅加达湾夜航轮船的汽笛声清晰地传到
景明大楼。

刘洋凯问:"罗西娅,周经理死后,你把陨石做的美女雕像藏在哪
里了?"

罗西娅的回答出人意料:"我没有拿美女雕像。"

艾丽斯问罗西娅:"你说你没有拿美女雕像,是怎么一回事?"

罗西娅坦然答道:"我刚才说过,我不杀死周经理,他就会杀死
我,我这样做不是为了图财,而是为了保命。我知道'人为财死,鸟为
食亡'的古训,那个该死的陨石做的美女雕像害得好几个想得到它的
人死去,但我对它并没有兴趣。"

刘洋凯跟艾丽斯交换了一个眼神。

"罗西娅,你说周经理图谋杀死你,是因为你知道美女雕像的下
落,"刘洋凯问,"那你知道它在哪里吗?"

"知道,"罗亚娅爽快地说,"周经理把美女雕像放在他母亲家。"

艾丽斯问:"周经理不是孤儿吗? 他怎么有母亲?"

罗西娅说:"周经理是孤儿,靠养母把他抚养成人,他很孝敬养

母,一直称呼她为母亲。老人去世后,房子一直锁着,只有周经理有钥匙。"

罗西娅从办公桌抽屉里拿出钥匙打开柜子,从里面取出一串钥匙:

"这里有两把钥匙:一把是周经理养母家的房门钥匙,一把是他存放美女雕像的保险柜钥匙。"

罗西娅将这串钥匙交给艾丽斯。

艾丽斯接过钥匙,问:"保险柜有密码吗?"

"有。"

罗西娅当即在纸上写下密码,交给艾丽斯。

刘洋凯问:"周经理养母家在什么地方?"

"普卢伊特大街 114 号。"

"你确信美女雕像藏在那里吗?"艾丽斯问。

"我确信,"罗西娅认真地说,"我亲眼看见周经理把它放进了那个保险柜里。"

第十六章　尘封旧屋

像猫闻到鱼腥、苍蝇嗅到肉臭一样，吴友光一早就来到警署。

他对正在处理文档的麦克伦寒暄道："麦克伦警长，早上好！"

麦克伦从文档上抬起目光："哦，吴律师，你早！"

"一大早就在忙呀？"

吴友光自己拉把椅子坐下来。

"我们警察可不比你们律师，总有做不完的事情。吴律师，又有何贵干？"

"昨天晚上，你们抓获了杀害新都会歌舞厅周经理的凶手，一举破获景明大楼枪击案，特来祝贺。"

"这只是普通的刑事案件，怎么惊动了吴律师？"

"这个案件好像并不一般，跟祁再发、汪又贵被杀及陨石做的美女雕像失窃有关联。"

"吴律师真是神通广大！"

吴友光将椅子向前挪了挪，以便离麦克伦更近些："能把美女雕像的下落告诉我吗?"

"你是汪又贵的律师,有什么不可以告诉你的?"麦克伦从桌上拿起文档,看了看,说,"根据罗西娅的交代,美女雕像藏在普卢伊特大街114号。"他向吴友光介绍了案情。

吴友光听罢,对麦克伦说:"感谢警长及时通报情况。"

说罢,他一阵风似的走了。

吴友光回到"金龙帮"会长办公室,向朱宏报告:

"祁再发被杀及陨石做的美女雕像失窃案的全部案情现已查清:汪又贵杀死舅舅祁再发,劫得雕像,因未见到接货人'黄哥',一时无法转手,就暂时把它交给女朋友、新都会歌舞厅舞女白莹;汪又贵被胡俊杀死后,白莹很害怕,就将雕像交给新都会歌舞厅经理周义生保管,并由周义生寻找下家,将雕像卖出去,赚的钱两人对半分。后来白莹被绑架,周义生十分高兴,因他本来就想独吞美女雕像,这样一来正中下怀。可是白莹又被救出,周义生便雇用余光将她杀害。这样,知道雕像藏匿地点的人,只有周义生的私人秘书罗西娅。周义生为了斩草除根,再次雇用余光,让他杀死罗西娅;但余光和罗西娅的关系很好,将这事告诉了她;罗西娅先下手为强,伙同保安鲁大发用猎枪射杀了周义生。"

听完吴友光的讲述,朱宏赞道:"你对案情的来龙去脉了如指掌,很好。"

"这都是在您的指导下做的。"

吴友光的回答,恰到好处地拍了老板的马屁,朱宏听得很入耳。

少顷,朱宏问:"抓获这些凶嫌的,都是那个纽约来的华人侦探吗?"

"是的。他连续破案,为警察局缓解了压力,麦克伦警长很支持他。"

"那个侦探叫刘……什么来着?"

"叫刘洋凯。"

"陨石做的美女雕像藏在什么地方?"

"据罗西娅供认,藏在普卢伊特大街 114 号。"

朱宏指示:"你马上带人赶到那里,把美女雕像拿回来!"

"是,会长!"吴友光说,"汪又贵是我们帮会的人,美女雕像当然属于我们帮会!"

根据麦克伦警长的指示,艾丽斯跟刘洋凯一起去普卢伊特大街 114 号。

这是一座尘封的老旧的房屋,光线暗淡,油漆剥落,家具陈旧。

刘洋凯、艾丽斯进入室内。房门上了弹簧,哐当一声,自行关上。

刘洋凯摸到墙上的电灯开关,按了一下,电灯没亮,只得打开手电筒。

两人开始寻找保险柜。

两只手电筒的光柱时而交叉,时而平行。

他俩从前房找到后房,都不见保险柜的踪影。

艾丽斯说:"怎么没有保险柜? 罗西娅是不是欺骗了我们?"

"不会吧? 她的态度是诚恳的,"刘洋凯说,"再找找看。"

几经周折,刘洋凯在厨房侧面发现了一个很小、很不起眼的储藏室。

他将门撬开,拿掉里面堆放的杂物,终于找到了保险柜。

刘洋凯将保险柜搬到储藏室外面,一缕阳光正好照在转盘锁的刻度盘上。

艾丽斯将钥匙插进锁孔,拿出罗西娅写有密码的纸条,按照上面的数字转动刻度盘……

此时,刘洋凯突然听到门外有撬锁的声音。

他把食指放在嘴边,向艾丽斯嘘了一声,然后从杂物堆里捡起一根约80厘米长、10厘米见方的木料,蹑手蹑脚地走到门边,将耳朵贴在门上听外面的动静。

撬锁的声音停止了,接着是离开房门的脚步声。脚步在走道的尽头停下来,另一种脚步声由远而近地响起,在房门外停下。过了十几秒钟,又出现撬锁的声音。

锁被撬开,房门被轻轻推动,半个脑袋伸向房内。

刘洋凯立即操起木料,朝那脑袋打去,一个人影轰然倒在地板上。

门外,一个男人的声音喊道:"谁在里面?"

艾丽斯回应道:"警署的办案人员!"

她用手电筒朝门口照过去,发现那个男人是吴友光,问:"吴律师,你怎么来了?"

"啊,艾丽斯探员,你在这里?"吴友光见刚才倒下的那个人已经昏迷,问道,"谁把我的人打了?"

"是我打的,"刘洋凯理直气壮,"这个人撬门入室!"

艾丽斯说:"吴律师,你带人到这里来,怎么不打个招呼? 我们还以为是窃贼!"

吴友光自知理亏,没有答话,对站在身后的人说:"阿三,把阿发抱上汽车,送到医院去!"

"是,吴律师!"

阿三吃力地抱起倒在地上的阿发,喃喃地说:"怎么这么重!"

吴友光问:"艾丽斯探员,找到陨石做的美女雕像没有?"

"还没有。找了半天,才发现保险柜。"

"保险柜在哪里?"

"在厨房旁边。"艾丽斯边走边说,"吴律师,你怎么知道这个地方?"

"你知道,我是汪又贵的律师,这美女雕像与他的死有关,所以麦克伦警长把这个地方告诉了我。"

三人来到厨房旁边。

刚才照到保险柜刻度盘上的一缕阳光已经消失了,保险柜被黑暗笼罩着。

　　艾丽斯借助手电筒的亮光，重新将钥匙插入保险柜的锁孔，并按照罗西娅提供的密码转动刻度盘……

　　刘洋凯注视着艾丽斯开启保险柜的动作，却觉得背后仿佛有双眼睛在黑暗中闪闪发亮，那是苏丹娜的热切目光，她盼望着自己能早日获取美女雕像，并探寻丈夫哈希文的下落。

　　吴友光的眼睛瞪得浑圆，心里盘算着在保险柜开启的一刹那间，如何一把夺过陨石做的美女雕像，拿回去邀功请赏……

　　保险柜密码锁终于被打开，艾丽斯伸手去拉门把手，柜门开了一道缝……

　　刘洋凯全神贯注……

　　吴友光瞪得大大的眼珠差点从眼眶里掉下来……

　　保险柜铁门洞开……

　　三支手电筒的光柱同时往里面照射……

　　柜里一览无余，空空如也！

　　艾丽斯惊呼："柜子竟是空的？"

　　刘洋凯紧张地思考这是怎么一回事。

　　吴友光问："陨石做的美女雕像呢？"

　　没有人回答他的话。

第十七章　色情牧场

艾丽斯、刘洋凯回到警署,再次提审罗西娅。

罗西娅说:"我确实亲眼看到周经理把陨石做的美女雕像放进了保险柜。"

刘洋凯指出:"但它不在保险柜里。"

"它会在哪里呢?"艾丽斯问。

罗西娅细长的眉毛紧锁着:"那我就不知道了!"

"你再想想。"艾丽斯说。

"好。"

新都会歌舞厅今天召开全体员工大会。

叶影主持会议。开会之前,众歌手、舞女议论纷纷:

"真想不到,杀害白莹的元凶竟然是周经理!"

"周经理是一条披着人皮的狼,满口仁义道德,却一肚子的坏水!死有余辜!"

"余光充当杀人工具,太可恨了!"

"罗西娅杀死周经理是被迫的……"

叶影走上讲台,环顾全场:"大家静一静,现在开会了!"

众歌手、舞女顿时安静下来。

叶影对大家说:"现在请新都会歌舞厅的业主邵老板讲话。"

会场一片掌声。

邵老板用平稳的声音说:"我讲三件事。第一件事:周经理死了,我们新都会歌舞厅还得继续办下去。怎么办? 我个人的意见,还是唱情歌、跳艳舞,因为这符合观众的要求。大家有没有意见?"

"没有意见!"

"第二件事:周经理不在了,我们新都会歌舞厅还得有个经理,我的意见,请叶影先生担任经理,同时兼任情歌教练,大家同不同意?"

"完全同意!"

"第三件事:余光坐牢去了,我们的艳舞要上演新的节目,还得有个艳舞教练,我今天请来了著名舞蹈家刘厚钧先生,大家欢迎!"

刘厚钧登台亮相:"请大家多多关照!"

众歌手、舞女热烈鼓掌。

邵老板最后说道:"现在,请刘教练给舞女们教授最新艳舞,地点在舞台上;请叶经理给歌手们教授最新情歌,地点在练歌房。"

刘厚钧将舞女们带到舞台上。

叶影将歌手们带到练歌房。

　　艾丽斯、刘洋凯继续提审罗西娅。

　　"罗西娅,周经理除了跟你相好,还有没有别的情人?"艾丽斯问。

　　刘洋凯提示道:"如果周经理有别的情人,他会不会把陨石做的美女雕像放在她那里?"

　　罗西娅望了刘洋凯一眼,答道:"这倒是个新问题。请让我考虑一下。"

　　过了一会儿,罗西娅对艾丽斯、刘洋凯说:

　　"周经理长期在娱乐业工作,有些舞女歌手为了巴结他,甘愿'献身',这是不足为奇的,这也是当今娱乐业的'潜规则',其实是一种交易。我想了想,有个美国姑娘,很可能是周经理的另一个情人。"

　　"美国姑娘?"艾丽斯惊奇地重复道,"她叫什么名字?"

　　"她叫科伦娜,原来也在我们歌舞厅跳舞,周经理看她的潜质很好,资助她回国学时装表演,她在纽约的一次比赛中得了奖,当上了专业时装模特。"罗西娅答道。

　　"科伦娜现在在哪里?"刘洋凯问。

　　"她前段时间一直在纽约,最近到得克萨斯州去了。"

　　"得克萨斯州的什么地方?"艾丽斯问。

　　"得克萨斯州的一座牧场。"

　　"一个时装模特到牧场里去干什么?"刘洋凯觉得很奇怪,"那座牧场叫什么名字?"

　　"沼茨弗克牧场。"

"具体情况呢?"艾丽斯问。

罗西娅摇摇头,说:"那就不知道了。"

"能用电话联系吗?"刘洋凯问。

"不能。得亲自去牧场找科伦娜。"

这时,一位警员进来,对艾丽斯说:"警长有事找你。"

艾丽斯离去后,刘洋凯又问了罗西娅一些问题,但没有实质性的收获。

一会儿,艾丽斯返回,听刘洋凯说审讯没有进展,就让警员将罗西娅押回看守所,然后对刘洋凯说:

"看来,时装模特科伦娜可能掌握周义生的一些情况。"

"我也这样认为,"刘洋凯有同感,"要去一趟得克萨斯州。"

"那又得有劳学兄了!"艾丽斯说。

"怎么,你没有时间?"刘洋凯问。

"我当然想到那个名叫沼茨弗克的牧场去透透空气。"艾丽斯说,"因为美国总统喜欢牧场,美国的有钱人也都憧憬牧场,千方百计想拥有牧场。但是,警长给我安排了新任务,我不能去了。"

刘洋凯问:"警长给你安排了什么新任务?"艾丽斯说:"女警官维特里亚获得全国女警探最高荣誉奖,我要去参加会议。"

刘洋凯回到侦探事务所,陈静美根据他在电话中提出的要求,找到了有关沼茨弗克牧场的资料。

这座牧场是轰动欧美的电视剧《豪门恩怨》故事的人物原型坎顿先生住了十四年的牧场，《豪门恩怨》的外景也在这里拍摄，这令这座牧场成为一块"圣地"。

芝加哥娱乐业大亨弗兰克林先生从中发现商机，以两千五百万美元向得克萨斯州一位富豪买下了这座牧场，另外花了五百万美元将坎顿先生住的房屋装修一新，再用一百万美元买来房间里的各种设备。

弗兰克林深谙"贵精不贵多"的道理，牧场不雇大批靓女，只请了三个纽约的时装模特陪伴客人，科伦娜就是其中一位。

不久前，弗兰克林还以高薪聘请"得克萨斯州小姐"达玛娜当导游，更使这座牧场名闻遐迩。

陈静美拿出一张《芝加哥每日太阳报》，指着头条大标题，笑着对刘洋凯说：

"在这座豪华的牧场里睡一夜，要花三千五百美元，你这次去那里找时装模特科伦娜做调查，可要多带些钱呀！"

刘洋凯报以微笑："我只准备了来回的机票钱。"

沼茨弗克牧场场主弗兰克林先生知道刘洋凯是赫赫有名的华人大侦探，热情地接待了他，并让他免费在牧场住一个晚上。

科伦娜负责接待刘洋凯。

刘洋凯一见到这位时装模特，就问她认不认识新都会歌舞厅的经理周义生，科伦娜先是点头表示认识，随即妩媚地一笑，用甜美的声音说：

"侦探先生难得到这里来,谈公事有的是时间,您就先体验一下牧场生活吧!"

刘洋凯问："怎么体验?"

"当然是用整个身体去体验。"

"只用耳朵行不行?"刘洋凯问。

科伦娜补充道："还要加上眼睛!"

"为什么?"

科伦娜认真地说："我曾经在雅加达生活,跟华人接触过,他们很讲道德,信奉孔夫子教导的'非礼勿视';但是您这次到牧场来,没有用整个身体进行体验已经破例了,如果再不用眼睛看一看,我跟老板就无法交代了!"

刘洋凯看到科伦娜的态度很诚恳,知道她说的不是假话。

科伦娜把刘洋凯带到坎顿先生的洋房前,继续说道："我把牧场生活讲给你听,你用耳朵听,同时还要用眼睛看。"

刘洋凯点点头："好吧。"

科伦娜妩媚地一笑,脱掉衣服,亮出丰满性感的胴体。不愧是顶级的模特,科伦娜全身上下无不透出青春的活力和强烈的诱惑。

刘洋凯第一次面对全裸美女,显然不适应。他的呼吸有点急促,舌头有点发干,手脚也有点不灵便……

科伦娜让刘洋凯在坎顿房前游泳池边的躺椅上坐下,告诉他,一般客人来到这里时,已有一个时装模特在游泳池里等候,请客人下水游泳,并在水中主动献身。

科伦娜又把刘洋凯带到坎顿屋内,进入浴室。刘洋凯注意到水龙头是镀金的,确实给人以豪华的感觉。科伦娜指着浴缸对刘洋凯说:"这浴缸正好容纳两个人,供客人和时装模特洗鸳鸯浴,然后到坎顿先生的卧室再次做爱。"

刘洋凯坐到床上,对这位时装模特说:"科伦娜小姐,感谢你的现场讲解,我已经用耳朵和眼睛'体验'了牧场生活,现在可以谈正事了吧?"

科伦娜穿上衣服:"侦探先生,有问题您就问吧。"

"你跟周义生经理熟悉吗?"刘洋凯问。

"他是我恩人,又是我的情人,我当然跟他很熟络。"科伦娜坦然答道,"但我的雅加达朋友告诉我,他竟然是个衣冠禽兽!"

"科伦娜小姐,你听周经理说过陨石做的美女雕像吗?"

"周经理最后一次跟我相聚时对我说过,但我没有亲眼见过。"

"周经理把美女雕像藏在什么地方?"

科伦娜深思片刻,然后说道:"不知道。"

"那么,你认为周经理会把美女雕像交给谁?"刘洋凯又问。

"这方面我倒可以提供一点情况。"科伦娜直爽地说。

"谢谢科伦娜小姐。"

科伦娜一双青绿色的眸子在刘洋凯面前闪闪发光。她文静、平稳地说道：

"周经理的妻子去世后，周经理十分悲痛，为了怀念妻子，周经理特地派人把她的弟弟接到雅加达，给他安排住处。而这个人正好是做古董生意的。我认为，周经理很有可能对他说了陨石做的美女雕像，让他寻找下家。"

"周经理妻子的弟弟叫什么名字？住在雅加达什么地方？"

"我不知道，"科伦娜说，"但是有一个人可能知道。"

"谁？"

"鲁善义。他是做古董生意的。"

"怎么找到他？"刘洋凯追问。

"鲁善义喜欢看脱衣舞，刘先生回去以后，到巴厘岛的 T 会所找我的朋友丽丝，她认识鲁善义，可能知道他的住处。"

"好，我去找丽丝小组。"刘洋凯抱有一线希望。

科伦娜看看手表："现在已经没有到巴厘岛的航班了，刘先生还是明天回去吧，今晚就住在这里，反正一切都是免费的。"

刘洋凯环顾坎顿先生睡过的这间豪华卧室："只能这样了。"

翌日早餐后，刘洋凯向科伦娜告别，对她说："科伦娜小姐，再问最后一个问题：在我之前，有没有人向你问起美女雕像的事？"

"有。"科伦娜不假思索地答道，"前不久我在纽约的时候，接到一个男人打来的电话，询问美女雕像的去向，我也如实相告。"

"他告诉你姓名了吗？"

　　"他说他叫约翰逊,报社记者,不像是华人。"

　　"你确定他不是华人?"

　　"不是。因为他的英语说得十分流利,不带口音。"

　　刘洋凯殷切地说:"感谢科伦娜小姐热情接待、协助调查。"

　　科伦娜友好地回应道:"作为一个美国公民,帮助侦探先生破获刑事案件,是我的义务。"

第十八章　性感女星

　　刘洋凯返回巴厘岛,这里被称为"全球最后的天堂乐园"。刘洋凯在吉安街找到 T 会所。

　　这是一家外国人开的私人会所,今天晚上座无虚席,名叫丽丝的美国电视女星将在这里登台表演。

　　会所老板久仰刘洋凯大名,让刘洋凯无须交纳会费直接进入。老板指示服务生将他带到前排中间留给贵宾的席位上坐下,自己亲自到后台跟丽丝打招呼。

　　这家会所向会员提供脱衣舞表演。老板返回后,向刘洋凯介绍怎样看脱衣舞,并介绍了今晚的表演者丽丝。

　　丽丝原是美国一家电视台的主持人。但电视台的女发言人罗拉说,丽丝表演脱衣舞影响了电视台的形象,她主持的节目也因此告一段落。在新节目拍摄时,不会再由她担任主持人,除非她放弃脱衣舞表演。

　　然而,丽丝对自己演出的脱衣舞节目十分满意,她认为两者同属娱乐行业，只是服务对象略有不同。丽丝有特色有品位的脱衣舞表演广受欢迎，这使她从电视女星转变为性感女星。

会所老板接着介绍了丽丝的表演特色……

性感女星丽丝出场时引发的呼喝赞赏声，打断了老板的讲述。

刘洋凯感谢老板的临场讲解。老板请他先观看丽丝表演，再到后台找她，说完便离去了。

丽丝一身牛仔打扮，头戴一顶鲜红色牛仔帽，手挽一只装有朱古力糖的小篮子，向观众派发糖果。她每次将身体俯低，会所内就响起震耳的掌声与喝彩声。

糖果派发完毕，丽丝随着强劲的音乐，一件一件脱下身上的衣服。

昨天这个时候，罗彬、阿超和金龙帮另一名成员阿叶也来到这家会所。

他们不是专门来看脱衣舞的，而是为了寻找一名观众——古董商人鲁善义。

能操一口流利英语的朱宏，指示美国的帮会成员，在科伦娜去牧场之前查到她的电话号码，冒充报社记者打电话欺骗科伦娜，从她口中套取了古董商人鲁善义认识周经理妻子的弟弟，而脱衣舞女星丽丝又认识鲁善义的信息后，比刘洋凯先一步找到丽丝，获知鲁善义痴迷于脱衣舞，晚上要到这家会所来看表演，便指示罗彬等人到会所找他。

可是，表演已经开始了，罗彬还不见鲁善义，他预订的座位空着。

阿超问:"彬哥,鲁老板今天会不会来?"

罗彬说:"宏爷说他一定会来。"

"如果他不来呢?"

"那我们就一心一意看脱衣舞。"

"花钱进来找鲁老板,为了什么?"阿超并不知情。

"有重大行动。"罗彬指着阿叶说,"所以我请求宏爷把阿叶调回来参加行动。"

阿叶感激地说:"彬哥,你这么信任我,我愿意为你两肋插刀!"

"没有那么严重。"罗彬放低声音,"见到鲁老板后,向他打听一个人的住址,然后……"

罗彬话音未落,见鲁善义空着的座位有人坐上,急忙走了过去。

此刻,丽丝在观众经久不息的掌声中谢幕。

刘洋凯来到后台找到丽丝,她获知刘洋凯的来意后,告诉他,鲁善义先生昨天来看过表演,今天可能不会来,好在她有鲁先生的名片。

丽丝从柜子里找出名片,又要从大把名片里挑出鲁善义的名片,要花点时间。刘洋凯为避免尴尬,不时给后台正在化妆的脱衣舞女们讲笑话,逗得她们捧腹大笑。

刘洋凯拿到鲁善义的名片后,谢过丽丝,直奔鲁善义的住宅。

第十九章　劫后余生

刘洋凯在鲁善义的住处没有找到他,打电话到他的公司,秘书说他到雅加达去了。刘洋凯赶回雅加达,找到鲁善义,获知周义生的妻弟叫许佳,住在雅加达。许佳知道陨石做的美女雕像的去向,但鲁善义并不知道许佳的具体住处,他说许佳曾两次约他到草埔咖啡馆谈生意,他估计许佳就住在那一带。

刘洋凯回到侦探事务所,陈静美告诉他,苏丹娜已接手丈夫的生意,在雅加达、德国两地穿梭。

苏丹娜昨天从德国给陈静美打电话,说她发现丈夫哈希文的运动用降落伞不在了;哈希文频繁乘坐飞机,经常带着运动用降落伞以防万一,他这次乘坐 W 航班客机,一定又带去了。

刘洋凯由此推测:一定是哈希文从飞机上用降落伞将陨石做的美女雕像带回地面;不见哈希文人影,表明他已遇难。

刘洋凯为了查找许佳住在草埔的什么地方,赶往警署求助,艾丽斯正好开完会回来。

女警官维特里亚中枪受重伤仍击毙悍匪的事迹深深感动了艾丽斯,刘洋凯看到她时,她的一双眼睛仍然兴奋得发红,脸颊上荡漾着激动的光辉。她禁不住向刘洋凯介绍情况:

二十七岁的女警官维特里亚下班后驾驶一辆小巴返回家门口,刚从车里出来,突然有一辆车开到她的身边停住,车里跃出一男一女,男的拔出一把威力很强的马格林手枪,向她瞄准。她当即表明自己的身份,不料那个悍匪冷笑一声,立刻开枪,子弹击中她的肋骨,从背后穿出。虽然她痛得倒地打滚,但闪电般拔出佩枪反击,将悍匪打死。另一名女匪逃窜。事后获知,这对雌雄大盗专劫小巴,属于一个匪帮组织。

艾丽斯讲到这里,赞道:"维特里亚身受重伤仍坚持迎战,击毙悍匪,智勇双全,是我们女警中的豪杰!值得我们学习!"

刘洋凯也很受感动:"她的顽强斗争精神,值得所有的侦探效仿!"

刘洋凯接着向艾丽斯讲了在牧场和私人会所调查的情况,确定周义生的妻弟许佳知道陨石做的美女雕像的去向。

"能查到许佳的地址吗?"刘洋凯问。

艾丽斯为难地摇摇头:"雅加达有数不清的流动人口和非法移民,很难查到他们的住处。"

"那就只剩下最后一条线索:草埔咖啡馆。"刘洋凯解释道,"鲁善义说,他两次在那家咖啡馆见过许佳。"

艾丽斯问:"你知道草埔咖啡馆在哪里吗?"

"知道。它在雅加达著名的唐人街草埔,为调查白莹被绑架的情况,我去过那家咖啡馆。"刘洋凯站起来,"艾丽斯,那我先走了。"

"到哪里去?"

"到草埔咖啡馆去碰碰运气,看看能不能找到许佳。"

"为什么这么急?"

"要想找到陨石做的美女雕像,那家咖啡馆可能是我们现在唯一值得去看一看的地方。"

"我晚上要向警署的同事传达会议内容,不能陪你去。"

"我理解。"

艾丽斯站起来,看着刘洋凯,眼神里流露出对这位学长的钦佩和感激之情。

刘洋凯走进草埔咖啡馆,在靠近门口的桌旁坐下来,向服务生要了一杯咖啡。

片刻,服务生端来咖啡:"先生,您要的咖啡。"

刘洋凯问服务生:"你认识许佳先生吗?"

"认识。他是我们这里的常客。"

"他今天晚上会来吗?"

"说不准。"服务生礼貌地说道,"请慢用。"

刘洋凯一边喝着咖啡，一边向门口张望。

歌咏队的演出完毕，观众散去，新都会歌舞厅十分宁静。

陈静美在化妆室卸妆。

刘涛也在卸妆。

刘涛叨咕道："叶导演把《哎哟，妈妈》作为压轴戏，害得我们俩最后下班！"

"叶导演对这个节目有偏爱。"陈静美说。

忽然，从楼上传来歌声："呜喂，风儿呀吹动我的船帆，船儿呀随着微风荡漾，送我到日夜思念的地方……"

陈静美问刘涛："谁在楼上唱歌？"

刘涛仰起头，往楼上看了一眼："一定是我们歌舞厅业主邵老板的儿子邵天成。"

陈静美："他为什么要唱《星星索》？"

"你知道这首歌的名字？"

刘涛没有想到，陈静美竟然知道这首歌。

陈静美用甜美的嗓音说："《星星索》是一首优美动听的印度尼西亚民歌，我当然知道。"

"难怪你的歌唱得好，因为你从印度尼西亚民歌吸取了营养！"

"阿涛，邵老板的儿子邵天成为什么要一个人在楼上唱《星星索》？"

刘涛告诉陈静美："据说,邵天成在美国留学时,爱上了一位美籍印度尼西亚姑娘,两人确定了恋爱关系,这个姑娘大学毕业后不知去向,邵天成多次去美国寻找恋人的下落,都没有找到,因长时间忧郁而精神失常,就一个人到楼上唱《星星索》。"

"邵天成经常这样一个人唱歌吗?"

"从一年前开始,邵天成常常在月色清朗的夜晚,一个人跑到楼上唱《星星索》,寄托对恋人的怀念。这段时间不知为什么,他没有来这里唱了。"

陈静美说："难怪我到歌舞厅上班以后,没有听他唱过。"

刘涛自语道："邵天成今天晚上怎么又来了呢?"

邵天成仍在楼上独自徘徊,接着唱道："当我还没来到你的面前,你千万要把我记在心间,要等待着我呀,要耐心等着我呀,姑娘……"

陈静美卸完妆,向刘涛建议："我们到楼上去看看吧。"

"去听邵天成唱歌?"

"他唱得很好听。"

"他本来就是一名优秀的歌手。"

"那更要去听听。"陈静美想当面聆听。

"人家唱歌是为了抒发情怀,思念恋人,我们别去打扰了。"

"还是去看看吧,你陪我去。"

"好吧,"刘涛勉为其难,"我舍命陪君子。"

刘涛、陈静美来到顶楼。

邵天成沉浸在歌曲的意境中，没有理会有人上楼来。

刘涛说："他每次唱歌都十分投入，已经成了习惯。"

邵天成充满感情地继续唱道："我心像东方初升的红太阳，呜喂，风儿呀吹动我的船帆，姑娘啊，我要和你见面，永远也不要和你分离……"

刘洋凯在草埔咖啡馆等了一个多小时，还不见许佳到来。

服务生朝这边走来时，刘洋凯问："许佳先生来了吗？"

"还没有看到他。"

"你知道他住在哪里吗？"

"不知道。"服务生想了一下，又说，"他经常来我们咖啡馆，我想他可能就住在这一带。"

一个热心的服务生听到客人问起许佳，走到这边来，主动说道："我知道许佳先生住的地方。"

招呼刘洋凯的服务生急忙问他："阿鹏，许佳先生住在哪里？"

阿鹏答道："就住在草埔，是一处独栋房屋，门牌号码我忘记了。"

"你能不能带我去？"刘洋凯问。

"可以，"阿鹏说，"但要等我下班之后。"

刘洋凯问招呼自己的服务生："能不能让阿鹏跟老板说说，离开一会儿？"

"生意这么好，服务生走不开，老板不会答应。"

"我去跟老板说,行不行?"刘洋凯仍不放弃。

"您去跟老板说,更要吃闭门羹。"

"为什么?"

"这个老板是新来的,他汲取了原来老板的教训。"

"什么教训?"

"原来的老板向一位侦探提供了客人的情况,受到黑帮的威胁,离开了。"

刘洋凯因原来那位老板支持他的调查工作而丢掉饭碗,心里很不是滋味。

那个服务生又说:"您要老板同意现在让阿鹏带您去找许佳先生,除非有警署的传唤证。"

刘洋凯无奈,只好等待阿鹏下班。

草埔一处独栋房屋内,许佳和妻子郑皓正在酣睡中。

许佳睡得很香,但没有做梦。

郑皓睡得很沉,并进入梦境。

梦中,许佳匆匆进屋。

郑皓问:"义生哥的情况怎么样?"

许佳悲伤地答道:"已经证实,他被罗西娅杀死了!"

郑皓愤怒地说:"罗西娅的心怎么这么毒?"

"幸亏义生哥有先见之明,把陨石做的美女雕像的存放地点告诉了我!"许佳感到十分庆幸,安慰妻子。

郑皓转忧为喜:"这么说,美女雕像就归我们所有了?"

"那当然。这是姐姐在天之灵保佑我们!"

郑皓的脸上闪现出憧憬未来的甜蜜微笑。陨石做的美女雕像幻化为金条、高档汽车、海边别墅……

一束强烈的光线照在郑皓的脸上。

光的刺激太强烈,郑皓从梦中醒来。

她面前有两束强烈的光线,一束照着她,一束照着许佳。

许佳还在沉睡。

郑皓在心里说:"这又是做梦吧?"

突然,一只手掀开了被子。

郑皓吃惊地喊着:"谁呀?"

她刚要挺起上身,又一只手伸过来按住她的肩膀。

蒙面人甲命令道:"别乱动!"

强光产生厚厚的光壁,郑皓看不清强光后面的人。

郑皓又在心里说:"这该不是做梦吧?"

她被按的肩膀感到了疼痛。她看到了按着肩膀的是一只粗壮的手,终于明白不是做梦,而是现实。

郑皓呼喊:"强盗……"一只手将袜子塞进她的口中,她再也喊不出来。

与此同时,蒙面人乙冲着许佳吼道:"起来!"

许佳纹丝不动。

蒙面人乙朝着许佳的屁股打了一拳。许佳像是醒了,扭了扭身子,长长地呼出一口气,又睡着了。

蒙面人丙走过来喊道:"还不起来?"一拳打在他的鼻子上。

许佳突然睁开眼睛,呼啦一下坐起来。

他的表情木然,鼻孔还在流血。

许佳问:"你们是什么人?"

蒙面人甲说:"这不该你问。你是许佳吗?"

"我是许佳。你要干什么?"

"我们找你要陨石做的美女雕像。"

许佳这才明白这伙人的来意,却佯装不知:"你说的话我听不懂。"

蒙面人甲问:"你是古董商人吗?"

许佳答道:"我是做古董生意的。"

蒙面人甲又问:"新都会歌舞厅的周经理跟你是什么关系?"

"他是我姐夫,被人害死了。"

"他生前是不是委托你卖掉美女雕像?"

"你说的话我又听不懂了。"

"还不老实!"蒙面人甲对另两个蒙面人说,"把他的手捆起来!"

蒙面人乙、丙将许佳的双臂扭到背后,用绳子紧紧捆住他的手腕。

许佳无力反抗,痛苦地皱着眉头。

蒙面人乙问甲："女的捆不捆？"

许佳惊恐地说："我家里还有些值钱的东西，你们都可以拿走，只求你们不要对我妻子动手动脚。"

"好吧，不捆你老婆。"

蒙面人乙问："值钱的东西在哪儿？"

许佳用眼睛指着柜子说："在那里面。"

蒙面人乙、丙赶忙去翻动柜子，拿出金项链、金戒指和一些钞票。

蒙面人乙问许佳："就这些？"

许佳说："我一个做小生意的人，能有多少财产？"

蒙面人甲说："回答我刚才的问题，周经理是不是委托你卖掉陨石做的美女雕像？"

许佳沉默不语。

蒙面人甲对乙、丙说："把女的捆起来！"

"不要捆她！"许佳急了。

蒙面人甲趁势说："你说了，我们就不捆你老婆。"

"我姐夫确实找过我，要我给陨石做的美女雕像找下家，但是还没有找到，他就死了。"

"你见过美女雕像吗？"

许佳摇着头："没有见过。"

"那你知不知道你姐夫把美女雕像藏在哪里？"

"美女雕像我见都没有见过，怎么知道它在哪里？"

　　"你的嘴还蛮硬咧!"蒙面人甲对乙、丙说,"把女的捆起来!"

　　蒙面人乙、丙走到床边,哗地掀开被子,将只穿着胸罩和三角裤的郑皓拖下床。

　　郑皓口里塞着袜子,喊不出声来。

　　蒙面人乙对丙说:"这娘们身材不错,我们把她弄到隔壁房间里去。"

　　蒙面人丙会意地点点头,跟乙一起,将郑皓抬进另一间房。

　　蒙面人甲厉声对许佳说:"快说,美女雕像藏在哪里?"

　　许佳仍不说话。

　　隔壁房间传来蒙面人乙、丙的狞笑声。

　　蒙面人甲威胁道:"你再不说,你的老婆就要挨排子枪了!"

　　许佳气得浑身颤抖。

　　他在心里说:"不能让妻子被糟蹋,豁出命来也要救她!"

　　隔壁房间继续传来蒙面人乙、丙的狞笑声。

　　许佳心如刀绞。

　　许佳寻思:我的手虽被捆,脚还能动;没有武器,就用头去撞倒强盗!

　　许佳趁蒙面人甲不注意,低下头猛地向他的胸口撞去!

　　蒙面人甲眼睛尖,动作快,迅速闪向一边。

　　许佳的头砰地撞到墙上。他因用力过猛,头骨破裂,鲜血喷出,扑通一声栽倒在地板上,在屋里产生钝重的回响。

蒙面人乙、丙闻声从那间房里跑过来。

蒙面人乙见许佳倒在地上，问："发生了什么事？"

蒙面人甲答道："这家伙想用头撞我的胸口，结果撞在墙上，自取灭亡！"

蒙面人乙摸摸许佳的脉搏："真的断气了！"

蒙面人丙说："这家伙死了，美女雕像不是更难找了？"

"或许他真的不知道美女雕像藏在哪里。"

蒙面人乙问："那女的怎么办？"

蒙面人甲反问道："她看见你们的脸了吗？"

"没有。"

"她现在怎样了？"

蒙面人丙说："昏过去了。"

蒙面人甲做出决定："那就扔下她，把财物包好，我们撤！"

三人带着财物逃离现场。

刘洋凯等待草埔咖啡馆的服务生阿鹏下班后带他去许佳家中，见到的是劫后惨状。

刘洋凯赶紧向警署报告……

蒙面人甲、乙、丙上了停在路边的汽车。

三人掀开面罩，原来是罗彬、阿超、阿叶。

他们比刘洋凯提前一天在巴厘岛那家私人会所见到鲁善义,获知许佳住在雅加达草埔一带,就赶回雅加达,找到草埔咖啡馆,又通过草埔咖啡馆服务生打听到许佳的住址,先采取了行动。

汽车载着罗彬等三人在宁静的街上疾驶。

罗彬拿出手机,拨号。

电话接通。

罗彬说:"宏爷,是我。"

朱宏在电话那头问:"阿彬,找到那家伙了吗?"

罗彬答道:"找到了。"

"问出那玩意儿的下落了吗?"

"他说不知道。"

"那就带回来继续问。"

"那家伙想用头顶撞我的胸口,我一闪,他的头撞到墙,死了。"罗彬如实相告。

朱宏的声音明显带有遗憾:"那就更难找到那玩意儿了!"

"我想他根本就不知道那玩意儿在哪里。"罗彬辩解。

"凭什么这样说?"

"他姐夫是个很狡猾的人,可以委托他找下家,但绝不会把那玩意儿的收藏地点告诉他。"

朱宏在电话那头沉默了一会儿,然后问:"那女的怎样了?"

"被他们两个动了一下。"

"你没有动她?"

"我向来不干这种事。"

"他们两个也真是,闻不得一点腥味!"

"不过这样也好,给警察造成是一般刑事案件的印象,可以掩盖我们的真实目的。"罗彬为阿超、阿叶开脱。

"那倒是。你们怎么处理那个女的?"

"她昏过去了,我们就出来了。"

朱宏在电话那头有些担心:"她没有看见你们的脸吧?"

"没有。"

"她的男人死了,应该把她也干掉。"

"那个女人不认识我们,况且我们都戴着面罩。"

"可是你们说过话,她可能记得你们的声音。"

"那我们这就返回去,干掉她!"

"别说孩子话了! 那女人的丈夫已死,这会儿满屋子都是警察,你再返回去岂不是自投罗网?"

"那怎么办?"罗彬问。

朱宏在电话那头发出指示:"一定要干掉她! 但不是现在。另找机会。"

"是,宏爷!"罗彬关上手机。

按照朱宏的指示,阿超打听到郑皓在圣弗朗西斯科医院住院,罗彬、阿超坐在开往医院的汽车中。

罗彬问:"阿超,那个女人的情况你都打听清楚了?"

"都清楚了。她叫郑皓,因精神受到刺激住进了圣弗朗西斯科医院的二楼218病室,是个单人间,下手比较方便。"

"你准备如何下手?"

"我准备用两种办法干掉郑皓。一个是用匕首,这玩意立刻可以见到效果,但会让她流血,如果血溅到我身上,使我的衣服血迹斑斑,无疑会引人注目,离开现场有麻烦。"

"第二个办法呢?"

阿超拉了拉脖子上系着的领带:"第二个办法是用这个玩意儿。虽然要稍微多用一点时间,但是比用刀要干净……"

圣弗朗西斯科医院。

医生、护士来来往往。

一些病人在草坪上散步。

艾丽斯、刘洋凯跟郑皓坐在路边的长椅上谈话。

艾丽斯问:"郑皓,罪犯一共有几个人?"

"一共三个人。"

"他们都有什么特征?"

"什么特征也不知道,因为他们都是蒙面的。"

刘洋凯问:"他们说话的声音呢?"

"也没有什么特别的。"稍顿,郑皓说,"我只知道三个强盗都穿一身黑。"

艾丽斯:"平时,你丈夫有没有被谁威胁过?"

"没有。"

"他有没有和谁结下仇?"

"我丈夫为人老实,不会和谁结仇。"

刘洋凯提醒道:"这次强盗闯入你家,会不会有什么特定的原因?"

"不会。我认为是一般的刑事犯罪,我们家碰巧遭了难。"

"你丈夫是做古董生意的吧?"艾丽斯问道。

郑皓点点头:"是的。"

"周经理掌握陨石做的美女雕像,你丈夫作为他的妻弟,他会不会找你丈夫打听美女雕像的买家?"刘洋凯把话挑明。

"我丈夫从不和我谈生意上的事情,我也不问他。"

艾丽斯严肃地说:"郑皓,你可不能瞒着我们。只有好好配合,把你知道的事情都讲出来,才有利于我们抓到凶手,为你丈夫报仇!"

一阵沉默。

护士走过来,对郑皓说:"郑女士,该打针了。"

郑皓对艾丽斯、刘洋凯说:"不好意思,失陪一下。"

郑皓跟护士一道向病房走去。

艾丽斯问:"学长,你看这怎么办?"

"你回警署去吧,麦克伦警长还等着你呢。我等郑皓打完针再找她谈。"

"那就辛苦你了!"艾丽斯向刘洋凯挥挥手,离去。

刘洋凯在草坪上溜达。

载着罗彬、阿超的汽车停在医院门口。

阿超下车时,罗彬叮嘱道:"做干净一点!"

阿超蛮有把握:"彬哥放心。"

阿超戴上墨镜,两手插在风衣口袋里,走进医院。

阿超来到病房大楼入口处。值班员守着门,盘问前来探视病员的人。

阿超想冲进门,被值班员拦住:"您探望哪位病员?"

阿超答道:"郑皓。"

值班员又问:"她住几号病房?"

"二楼218病房,是个单间。"

"你是她的什么人?"

"我是她哥哥。"

值班员拿起院内电话,拨动号盘。

值班员对着话筒说:"郑皓在吗?"

电话里的声音:"在。"

值班员对阿超说:"请上二楼。"

阿超上到二楼,值班护士问:"您是郑皓的哥哥?"

"是的。郑皓在不在?"

"她在病房里。"

热心的护士把阿超带到走廊尽头,指着218病房对阿超说:"这就是郑女士住的房间。"随即离去。

218病房门半掩着。阿超向房内望去,一个女人背对着门,站在窗前。

阿超从脖子上脱下领带,领带没有解开,他用两手将其撑成个圈套。

阿超蹑手蹑脚地走进房内,轻轻掩上房门。

她一动不动地站在窗前,被窗外的事物深深吸引。

阿超来到她的背后,将领带圈套往她头上套。

当圈套挨着她的头发时,她觉得有动静,本能地回过头。就在这一刹那间,那个领带圈套已经勒住了她纤细的脖颈。

她惊恐万状,拼命挣扎。

领带圈套越勒越紧。

她的喉咙里挤出一丝哀鸣,但没能喊出声来。

阿超将她倒背在肩上,使她双脚悬空。

她的双手在空中挥了几下,便垂落下来。

阿超将她放倒在地上。

她的双脚一瘫,跪了下来,倒在墙角。

阿超从尸体脖子上解下领带,走出房间,关上房门,扬长而去。

阿超从容不迫地走到二楼楼梯口，还跟值班护士打了个招呼。

阿超下楼以后不久，郑皓上楼来。

值班护士见郑皓从外面回来，觉得很奇怪："郑女士，您刚才不在病房里?"

郑皓答道："我打完针，就离开了病房，找院长问情况去了。有什么事吗?"

护士说："您的哥哥刚才来找您，我把他带到您的房间去了。"

"我哥哥? 我没有哥哥呀!"郑皓十分惊讶。

"糟了!"

值班护士感到情况不妙，匆匆走向218病房。

郑皓加快脚步紧随其后。

值班护士推开218病房的门，赫然见到一个女病人倒在墙角!

她上前去摸了摸女病人的颈动脉后，惊呼："不得了哇，死人了!"

郑皓见状，大惊失色。

人们纷纷拥向这间病房。

刘洋凯仍在医院的草坪上散步，等候郑皓回来跟她继续谈话。

阿超从病房大楼出来，向门口走去。

戴着墨镜的阿超鬼鬼祟祟，引起刘洋凯的怀疑。

他大声喊道："站住!"

阿超做贼心虚,拔腿就跑。

这一跑,刘洋凯更觉得对方有问题。

阿超跑。

刘洋凯追。

坐在停在门口的车内的罗彬,见刘洋凯追逐阿超,以为事情败露,悄悄将车开走了。

阿超继续逃跑。

刘洋凯大步追赶。

二楼病房内,院长躬下身子查看女死者的遗体,然后站起来说:"死者脖子上有勒痕,是被人勒颈,窒息死亡。"

院长对值班护士说:"快打电话报警!"

"是。"护士匆匆离开病房。

院长转身望着郑皓:"这个病人叫什么名字? 她怎么跑到你的病房来了?"

"她叫史淑媛,是隔壁病房的病人,常到我房间来玩。刚才她又来了,我说要去找院长问情况,她就在房间里等我。"

"罪犯是冲着你来的,她做了你的替死鬼!"

郑皓打了个冷战:"是呀……"

阿超拼命逃跑。

刘洋凯奋力追赶。

经过几分钟的紧张追逐,刘洋凯终于将阿超抓住。

两人都气喘吁吁。

刘洋凯问:"你为什么逃跑?"

阿超反问:"你为什么追我?"

"因为你跑,所以我追。"

阿超无奈地说:"你是侦探,我惹不起你,所以对你敬而远之。"

阿超知道刘洋凯是华人大侦探,而刘洋凯并不认识阿超。

"你叫什么名字?"刘洋凯问。

"我叫阿超。"

"阿超,你到医院干什么?"

"去看一个病人。"

"病人叫什么名字?"

阿超一时语塞:"她叫……"

"她叫什么?"

"让我想想。"

"你到医院去看病人,却不知道病人的名字,这事可奇怪了!"

阿超辩解:"是跟一位朋友去的,那个病人是他的妹妹。"

刘洋凯追问:"你朋友的妹妹叫什么名字?"

"我忘了。"

"你的那位朋友呢?"

"他先走了。"

刘洋凯认为阿超很可能在医院干了坏事，趁其不备，用铁钳似的手紧紧将他的臂膀抓住，对他说："阿超，你可得说清楚。"

"说不清楚……"阿超神色慌张。

眼尖的刘洋凯看到阿超的风衣口袋里露出领带的一角，用另一只手将领带从口袋里拉出来。

这条领带皱巴巴的，上面还有几根长头发。

"这条领带怎么弄成这样?"刘洋凯厉声问道。

阿超不语，脸色变成青灰色。

刘洋凯将阿超往回拉："阿超，我们走。"

"到哪里去?"阿超的神色更加慌张。

"回医院。"

"干什么?"

"带我见见你刚才探望的病人，也就是你所说的你朋友的妹妹。"

阿超耍赖："我刚才去过，现在不去。"

"你一定要去!"

这时，一辆巡逻警车开来。

坐在车上的摩根警长见刘洋凯紧紧抓着一个像是小混混的家伙的臂膀在盘问，对司机说："西蒙，有情况，停车。"

"警长，我看见了，是刘先生。"

西蒙停车。

摩根警长下车。

刘洋凯看见了摩根警长，跟他打招呼。

摩根警长说："刘先生，我们又见面了！"

"摩根警长，您好！总是在关键时刻见到您。"

摩根警长瞥了阿超一眼："这个家伙是什么人？"

阿超不语。

"摩根警长，您又在巡逻？"刘洋凯问。

"这次不是巡逻，而是出现场。"

"哪里发生了案子？"

"刚才接到医院电话报警，一位女病人被勒死了！"

刘洋凯扬起领带，对摩根警长说："这里有一条皱巴巴的领带，领带上还沾有几根长头发，像是女人的。"

摩根警长接过领带，端详了一番。

"刘先生，莫非您已经抓到了疑凶？"摩根警长十分惊讶。

刘洋凯心里有数："有点像。"

摩根警长看了阿超一眼，命令道："上车！"

巡逻警车开进医院刚停下，闻讯来到医院的艾丽斯立即迎上去对摩根警长说："摩根警长，您来得好快！"

"艾丽斯探员，你好！"摩根笑道，"我还是比你慢了半拍。"

艾丽斯见刘洋凯也在车上，问："学长，怎么回事？"

摩根警长代他回答："我在路上碰到刘先生，他把疑凶抓到了！"

刘洋凯紧紧地抓住阿超的臂膀,把他拉下车。

院长带着几个相关人员走过来。

刘洋凯问阿超:"你刚才在这家疗养院探望了哪个病人?"

阿超仍然不语。

刘洋凯逼视阿超:"说呀!"

病房大楼值班员走过来说:"他不说,我来代他说!"

"请问,你是……?"刘洋凯问答。

值班员答道:"我是病房大楼值班员。这家伙刚才指名要探视的病人是郑皓,并谎称是她的哥哥。"

二楼值班护士也走过来说:"我是二楼的值班护士,这家伙上到二楼,也说他是郑皓的哥哥,我信以为真,将他带到 218 病房。"

院长对艾丽斯说:"艾丽斯警官,情况清楚了,这家伙冒充郑皓的哥哥,以探视为名,杀害病人。"

摩根警长当即给阿超戴上手铐,并指示西蒙将他押上警车。

艾丽斯对摩根警长说:"我们把两位证人带回去录口供。"

"好的。"摩根警长出示领带,"这里还有物证。"

艾丽斯看了看:"领带? 作案工具?"

院长插话:"被害人是被勒死的。"

"这领带是谁发现的?"

"刘先生在阿超的口袋里找到的。"

艾丽斯感激地望了刘洋凯一眼。

"领带上面还沾了几根长头发。"摩根警长补充道。

"我去提取被害人的头发,跟领带上的头发进行比对。"艾丽斯对摩根警长说,然后把刘洋凯拉到一边,"阿超由我们来处理。一个女病人被误杀,郑皓惊魂未定,你再跟她谈谈,可能会有收获。"

"好的。"

二楼218病房内,郑皓对刘洋凯说:"刘先生,我好害怕!那个强盗是冲着我来的。"

她仿佛惊弓之鸟,瑟瑟抖个不停。

"那当然,不然他为什么直奔你的病房?"刘洋凯说道。

郑皓沉重地叹了一口气:"史淑媛是个好人,她替我死了!"

"你还认为他们是普通的强盗?"刘洋凯望着郑皓问道。

"是呀。"

刘洋凯语气坚定地说:"我可不这么认为。那天晚上,他们闯进你的家,害死你的丈夫,现在又追到医院来想杀死你,能说是普通的强盗吗?"

郑皓不语。

"今天虽然抓住了那个家伙,但他们没有达到目的,还会派人来害你!"

郑皓惶恐地问:"那我怎么办?"

刘洋凯顺势说道:"你只有把实情告诉我们,让他们死了心,你的人身安全才能得到保障。"

郑皓把苍白的脸转向窗外，内心在做斗争。

刘洋凯不再说话，静静地等待着。

巡逻警车在警署门口停住。

艾丽斯、摩根警长和医院的两个目击证人先下车，西蒙押着阿超随后下车。

摩根警长等人走进警署。

麦克伦警长在办公室门口等着他们。

艾丽斯对麦克伦说："警长，在医院杀害女病人的疑凶已抓到！"

麦克伦认识阿超："这不是金龙帮的阿超吗？又在打架？"

"这回可不只是打架。"摩根警长说，"阿超，你说，你犯了什么案？"

阿超不语。

艾丽斯又对麦克伦说："两位目击证人也请来了。"

摩根警长扬起领带说："物证也带回来了。"

麦克伦高兴地说："出师大吉，人证、物证都到位了！"

摩根警长笑道："麦克伦警长，你真是福星高照呀，坐在办公室就有人送战利品来！"

麦克伦握着摩根警长的手："摩根警长，多亏你及时赶到！"

刘洋凯见郑皓的目光转向室内,再次提醒道:"那伙歹徒真的是无缘无故害死你丈夫,还要追杀你吗?"

郑皓终于开口了:"他们这样做是有目的的。"

刘洋凯问:"什么目的?"

郑皓承认:"为了陨石做的美女雕像。"

刘洋凯暗喜:终于切入了正题!

"我丈夫的姐夫周经理得到了陨石做的美女雕像,委托我丈夫寻找买家。那伙歹徒就是冲着美女雕像来的。"

"你是怎么知道的?"

"有个歹徒直接找我丈夫要美女雕像。"

刘洋凯推测:"美女雕像在你们家里?"

"不在。但周经理把美女雕像的存放地点告诉了我丈夫。"

艾丽斯拿着检验单走进来,对麦克伦说:"警长,阿超领带上的女人头发,经比对,跟受害人的头发认定同一,证明这条领带就是勒死受害人的作案工具,是阿超在受害人死后从脖子上拿开时沾上了死者的头发。"

麦克伦看了检验单,信心十足:"有了这么过硬的罪证,就可以把阿超的一级谋杀罪办成铁案!"

刘洋凯问郑皓:"周经理把陨石做的美女雕像存放在哪里?"

郑皓说:"周经理先把它放在养母家的保险柜里,他养母家知道的人很多,他不放心,又取出来,放在自己家里,可是知道的人更多,更不安全,便改放在另一个地方。这个地方只有周经理和我丈夫两人知道。"

"你不知道?"

"幸亏我丈夫偷偷告诉了我,否则他这次不幸遇害,陨石做的美女雕像就石沉大海了。"

刘洋凯问:"具体地点在哪里?"

"周经理特地在洛丹大街租了一间房子存放美女雕像。"

刘洋凯追问:"洛丹大街多少号?"

"47号。"

"周经理把美女雕像放在那间房子的什么地方?"

"我没有去那间房子,详细情况不知道。"

郑皓从床头柜里取出手提包,从包里拿出一把钥匙:"这是洛丹大街47号的房间钥匙。"

"谢谢你对我们的信任。"刘洋凯接过钥匙。

郑皓声明:"我把钥匙交给你们,就是把我的人身安全交给了你们!"

刘洋凯郑重地回应道:"请放心,你的安全会有保障。目前,歹徒还不知道杀错了人,以为你死了;即使他们以后知道了,因为你已经把陨石做的美女雕像的详情告诉了警察,你就跟这件事没有关系了。况且我们已经通知医院,没有警署的同意,不准任何人来病房见你。"

郑皓舒了一口气:"这样我就放心了!"

刘洋凯给艾丽斯打电话:"艾丽斯,郑皓已将存放陨石做的美女雕像的房子告诉了我,但是具体放在哪间房子的什么地方,她说不知道,有点悬。"

艾丽斯在电话里说:"那你先去看看吧。"

刘洋凯问:"我一个人去行吗?"

"有什么不行的?这次医院刚报案,你就把疑凶抓到了,一级谋杀案就这样顺利告破,姑父十分感激,对你更信任了。"

"你没有时间去?"

"我跟姑夫在一起,正在接受记者采访。"

"好吧,我先去看看,有情况随时跟你通气。"刘洋凯挂断电话。

第二十章　不速之客

刘洋凯用钥匙打开房门，进入洛丹大街 47 号一楼。

他想开灯，但开不亮，走进厨房，找到总闸，合上闸，电灯亮了。他看见房内有两间小房：一间厨房，一间浴室，还有几个壁橱。

这也是一套老旧房子，墙纸褪色，家具陈旧，白天也要开灯。

刘洋凯在房内找了半天，没有找到陨石做的美女雕像，只在一个壁橱里发现一只盒子，便把里面的东西倒在桌子上，是一些发黄的旧信、明信片和纸片。

盒子被倒空了，刘洋凯仍不甘心，突发奇想：盒子里难道放着贮藏美女雕像的位置图？便检查起盒子来。盒子是木质的，漆成黑色，里面衬了一层已经破旧的绿布，看上去不像藏有秘密。

刘洋凯翻来覆去地检查盒子，还撕下里面的衬布，却没有找到任何东西。

刘洋凯只好将那些倒出来的东西全部装回盒子里，再把盒子塞进那个壁橱里。

他正在查看另一个壁橱时，门外有人敲门，同时一个女人的声音喊道："请开门！"

刘洋凯打开门，见是一位中年妇女。

她自报家门："我是房东，从门缝里看到灯光，知道里面有人。"

刘洋凯打招呼："房东太太您好。"

"你是谁？我从来没有见过你。"

"我是租户的朋友，姓刘。"

"这间房的租期昨天就满了，还续不续租？"

"要续租。"

"那请再付一个月的房租。"

"好的。"刘洋凯拿出钞票。

刘洋凯回到侦探事务所，向陈静美介绍了侦查进展情况，随后说道："总而言之，陨石做的美女雕像的线索可能在洛丹大街47号，可我找了两个小时，还没有一点头绪。"

"那得抓紧找呀！"陈静美说。

刘洋凯问："是不是苏丹娜又打电话了？"

"是的，出现了新的情况。"陈静美解释道，"苏丹娜今天打电话告诉我，跨国组织古董检证会正在跟警察局交涉，哈希文先生曾经向检证会展示过陨石做的美女雕像，如果破了案，美女雕像要先交给他们鉴识真伪。"

"古董检证会也想插一手？真是岂有此理！"刘洋凯有些生气。

陈静美拿出两瓶啤酒，对刘洋凯说："大侦探，喝杯啤酒消消气。"

"哪来的啤酒？"

"我们在巴厘岛的表演很出色，商会送的。"陈静美指着瓶上的商标说，"这可不是一般的啤酒，是中国出口到东南亚的。"

刘洋凯要去拿起子，陈静美说不要，她从口袋里掏出那根开过保险柜的三寸长金属杆，顺利打开瓶盖。

刘洋凯感到很惊奇："这个小玩意还能开酒瓶！"

"它还能锯断木棍哩！"陈静美得意地收起小金属杆。

两人边喝啤酒边谈话。

陈静美问："大侦探，你还去不去洛丹大街47号。"

"当然要去！为了探个究竟，我把房子都租下来了。"

"这是个好主意，可以仔细寻找，连地板都可以撬开来看！大侦探，我陪你一起去。"

"你有时间？"

"这次到巴厘岛演出，叶老师看到我们太累了，给我们放了两天假。"

"那太好了！"

刘洋凯认为在艾丽斯有事不能去的情况下，陈静美能从歌舞厅抽身帮他找陨石做的美女雕像当然好。

　　刘洋凯、陈静美赶往洛丹大街 47 号，从房间找到厨房，从厨房找到浴室，从一个壁橱找到另一个壁橱，没有发现陨石做的美女雕像，只找到几个盒子。他们将盒子里的东西倒空，又对盒子里里外外进行仔细检查，还把盒子内的衬布撕开，都没有见到猜想中的贮藏美女雕像的位置图。

　　刘洋凯满脸灰尘，流下的汗水在脸上开出一条条小沟。

　　陈静美看了，扑哧一笑："大侦探，你的脸怎么变成这个样子？"

　　"我的脸怎么啦？"

　　"脸上出现了一条一条的小沟，真好玩！"

　　"静美，别闹了，继续找吧。"

　　"已经找了一整天了，回去休息吧！"陈静美建议。

　　"我再找找，你先休息一下。"刘洋凯关切地说。

　　"你不休息，我也不休息！"

　　两人继续在房间里寻找陨石做的美女雕像，或者贮藏美女雕像的位置图。

　　朱宏对陨石做的美女雕像的追查一刻也没有放松，他除了让吴友光以律师身份跟警署打交道以外，还抽调善于跟踪盯梢的手下阿厚充当情报员，掌握刘洋凯的动向，查到他这两天常去洛丹大街 47 号，认定美女雕像有可能藏在洛丹大街 47 号，于是命令罗彬、阿厚、阿叶连夜开车赶往那里。

在车上,罗彬问:"阿厚,地点不会搞错吧?"

阿厚信心十足地说:"我向宏爷汇报刘洋凯的行踪后,宏爷断定美女雕像就藏在洛丹大街47号,刘洋凯现在还在那里。"

阿叶问:"彬哥,见到姓刘的杀不杀死他?"

"先把他带回我们的驻点拷问。"

"那多没意思!我就喜欢白刀子进去,红刀子出来。"

阿厚说:"阿叶,你就知道打打杀杀。宏爷的目标是美女雕像,而不是姓刘的本人。"

"找到美女雕像的下落后,我们当然要干掉姓刘的,为阿超报仇!"罗彬向阿叶交底。

"如果姓刘的反抗呢?"阿叶问。

罗彬恶狠狠地说:"他敢反抗,就一枪崩了他!"

阿叶说:"这就对了!"

刘洋凯、陈静美继续在洛丹大街47号进行搜索。

陈静美抹了一把汗:"大侦探,我的肚子饿了,你饿不饿?"

"唷!你这样一说,我的肚子也咕咕叫起来了。"

"那我出去买夜宵,你靠在沙发上休息一下。"

刘洋凯感激地说:"静美总是这么体贴人!"

"把钥匙带上。"

"好的。"陈静美带上房门钥匙。

刘洋凯叮嘱："路上小心！"

陈静美亮出小金属杆："我有防身利器，它可以刺伤坏人！"

陈静美出门后，刘洋凯继续寻找。他认为，在这间屋子里找不到陨石做的美女雕像了，看看能不能找到小盒子之类的东西，里面装有贮藏美女雕像的位置图。

刘洋凯打了个哈欠，一脸疲劳。

他把门窗关好，靠在沙发上。

罗彬将汽车停在洛丹大街路边。

罗彬、阿叶、阿厚依次下车。

罗彬看了门牌：洛丹大街47号。

罗彬问："阿厚，就是这一家？"

"准确无误！"阿厚肯定地说。

刘洋凯靠在沙发上睡着了。

在他熟睡的时候，罗彬、阿叶、阿厚敲碎厨房的玻璃，潜入室内。

玻璃破碎的响声使刘洋凯猛然惊醒，但为时已晚。

罗彬执枪冲到他的前面，用枪指着他。

阿叶跑到后边，将他的双手反绑。

阿厚猛地将一只黑色头罩套在他的头上。

刘洋凯顿时感到眼前一片漆黑，失去方向感，呼吸十分不畅。

罗彬对他说："刘先生，你不用担心，我们宏爷不会让我们轻易杀人。"

"那你们想怎样？"刘洋凯在头罩里说话显得闷声闷气。

"我们宏爷对陨石做的美女雕像也有兴趣，特地请你到我们家里做客。"

"用这种方式请客人？"

"实在对不起！你的身手敏捷，如果不这样，你可能不愿意去。"

陈静美买夜宵回来，用钥匙开房门的锁。

开锁声惊动了罗彬等三人。

刘洋凯正想喊，阿厚的手隔着头罩将他的嘴死死堵住。

罗彬、阿叶躲在门背后。

陈静美打开房门进屋时，罗彬、阿叶一左一右向她扑过去。

陈静美猝不及防，买来的夜宵摔在地上。

罗彬急忙掏出手帕，塞进陈静美的嘴里。

阿叶、阿厚用绳子将陈静美捆住。

罗彬等三人将刘洋凯、陈静美拖到屋外。

夜色深沉，路上阒无人迹。

刘洋凯、陈静美拼命挣扎。

罗彬等三人将他俩塞进汽车里。

刘洋凯在车上仍然反抗。

罗彬掏出手枪,用枪托将他打昏。

汽车在夜色中向特里蒂斯大街驶去。

刘洋凯、陈静美被罗彬等三人绑架到特里蒂斯大街绿色房子里。

刘洋凯头罩虽被拿掉,但仍然昏迷。

阿叶、阿厚像馋猫似的走到陈静美身边。

阿叶说:"我们今晚本来只请一个男客,却遇到一个女宾。"

阿厚:"这个女宾还是个小美人!"

"美人儿,我们玩玩吧!"阿叶伸手去摸陈静美的脸蛋。

陈静美朝他脸上吐了一口痰。

阿叶擦了一把脸:"小美人,你可别不识抬举!"他说着伸出两只手,欲扒陈静美的衣服。

罗彬制止道:"阿叶,别胡来!"

"彬哥,这可是送上门的肥肉,不吃白不吃!"阿叶回头看了罗彬一眼,又色眯眯地盯着陈静美。

"你就是闻不得一点腥!"

"彬哥,我们又有几天没有开荤了。在巴厘岛私人会所看脱衣舞,我就想去摸那个电视女星!"

"先办正事要紧。上次在郑皓家里,要不是你跟阿超胡来,占了郑皓的便宜,逼得她老公一头撞在墙上死掉,陨石做的美女雕像早就到手了。"罗彬责怪道。

阿厚走过来,劝道:"阿叶,这小美人已是我们的盘中餐,办完事再尝鲜也不迟。"

"好吧,听你们的。"阿叶转向陈静美,"小美人,抬起头来,让阿哥好好看看!"

刘洋凯在昏迷中仿佛置身于雅加达湾,澎湃的海浪响在耳边,使他醒了过来。他开始什么都看不见,以为歹徒把他扔在海滩上。但很快分辨出头上悬着一盏电灯泡,自己的手脚被绑在椅子上。房间另一面,陈静美也被绑在椅子上,一个歹徒贪婪地望着她。

刘洋凯警告道:"不准碰她!"

"我没有碰。"阿叶急忙辩解。

"连她的一根头发都不准碰!"

罗彬走过来:"刘先生,你过虑了,我们可不是'采花浪子'!"

"那你们要干什么?"

"宏爷派我们向你咨询,陨石做的美女雕像找到没有?"

"没有找到。"

罗彬问:"真的吗?"

"那间房子已被翻动得乱七八糟,如果找到了美女雕像,我还会待在那里等你们来绑架?"

"好,我们相信你说的话。"

罗彬打个手势把阿叶、阿厚带到耳房,对他俩说:"看来,那个姓刘的真的没有找到美女雕像。"

阿厚问："那我们怎么办？"

"我们亲自到那间屋子里去找一遍。"

"我们出去了，那两个谁看着？"阿叶问道。

罗彬对他说："你先看着，我跟阿厚回到那间屋子寻找。"

"好吧。"阿叶求之不得。

罗彬叮嘱道："你不可趁我们不在的时候，先去动那个女的。"

阿厚插话："阿叶，那女的可是少有的美人儿，就是要动她，也得按辈分来。"

阿叶不满地说："就你阿厚多话！我在江湖上蹚了这么多年，这点道理还不懂？"

阿厚又问："彬哥，对那个男的怎么处理？"

"我们现在去找陨石做的美女雕像，要是一时还找不到，就放过他，把他当成指路牌，他到哪里去找美女雕像，我们跟着他到哪里。"

"我们今天要是找到了美女雕像呢？"

罗彬一脸冷酷，杀气腾腾："只要美女雕像到了我们手上，就干掉他！"

"对，杀掉姓刘的灭口！"阿厚随声附和。

阿叶咬牙切齿："无论你们找到还是找不到美女雕像，我都要把那个姓刘的狠狠揍一顿！"

阿厚问："阿叶，你就这么恨姓刘的？"

"是他把阿超抓走了，我要替阿超报仇！"阿叶说，"但是，那女的要留着用一段时间。"

"彬哥,我有个建议。"阿厚悄声说道。

"你说。"

"我们从后门出去,让那两个人看不到,以为我们三人都在屋子里,这样可以让阿叶去教训那个姓刘的。"

"汽车停在前门,不走前门上不了车,我们徒步走到洛丹大街去?"

"后门停着一辆摩托车,跑起来比汽车还快。"

"太好了!"罗彬转向阿叶,"阿叶,你可给我把那两个人看好了!"

阿叶拍拍胸脯:"万无一失!"

罗彬、阿厚来到后门。

阿厚发动摩托车。罗彬坐在后面。

摩托车向洛丹大街驶去。

阿叶回到主房,走到刘洋凯身边。

刘洋凯用警惕的目光望着他。

"姓刘的,阿超是你抓的吧?"

"是我抓的。"

"你为什么抓他?"

"他杀死了一位女病人,犯了一级谋杀罪。"

"你又不是警察,何必多管闲事?"

"但我是一名注册侦探。即使我不是侦探,抓坏人也是每个公民的义务。"

"好吧,你有义务抓阿超,老子就有义务代表阿超来揍你!"

话音未落,阿叶就挥动拳头,雨点般地打向刘洋凯。

刘洋凯手脚被捆,无法反抗,只有尽力躲开朝他的头和脸打来的拳头。但是也有躲避不及的时候,刘洋凯的头、脸不时被阿叶的拳头打中。

刘洋凯感觉到鲜血顺着脸颊流进嘴里。

他将口里的血水喷到阿叶的脸上。

"姓刘的,你还敢反抗?"

阿叶的拳头像更大的雨点打向刘洋凯。

阿叶的手打累了,又用脚踢起来。

陈静美目睹刘洋凯遭受毒打,心如刀绞。

罗彬、阿厚将摩托车停在洛丹大街 47 号门外,从厨房被打碎窗户的破洞钻进室内。

两人从厨房找到浴室,从浴室找到房间,从一个壁橱找到另一个壁橱,没有找到陨石做的美女雕像,也没有找到可能放有美女雕像贮藏位置图的盒子。

阿厚失望地说:"彬哥,我看咱们是白忙活了,这里什么狗屁都没有!"

"不要急,慢慢找。"

　　阿厚问:"不知阿叶把那个姓刘的打成什么样了?"

　　"怎么打都可以,只要不把他打死。"罗彬一边说,一边继续在屋里翻箱倒柜。

第二十一章　中华武功

在特里蒂斯大街绿色房子里,阿叶继续用脚踢刘洋凯。

刘洋凯硬挺着不让自己倒下。如果自己倒在地上,阿叶用脚踢起来更方便。

阿叶的手打累了,脚也踢酸了,他靠在墙上,垂着两手,仰起头,挺起胸,大口喘气。

陈静美想起了随身携带的三寸金属杆,用它可以割断捆绑自己和刘洋凯的绳子,但她双手被绑,无法把它从口袋里拿出来。

刘洋凯盘算着如何向阿叶发起反攻。

阿叶休息了一下,又用拳头打刘洋凯。

刘洋凯用肩膀一挡,把阿叶的手挡开。

阿叶受到反击,顿时一怔。

刘洋凯记起少年时学过的一种中华武术——铁头功,此时何不一试? 于是他暗中用劲,绷紧脖子上的肌肉,将力量集中在头部,对准阿叶的胸部猛烈撞击过去!

与此同时,陈静美听到阿叶肋骨断裂的声音。

阿叶哼都没有哼一声,轰然倒下,不省人事。

陈静美兴奋地说:"大侦探,你把这个歹徒的肋骨顶断了!"

"好像是吧。"

刘洋凯摇动着脑袋,让颈部的肌肉放松下来。

陈静美推测道:"另外两个歹徒一定出去了,否则这么大的动静,他们会跑过来的。"

"这个分析很有道理。静美,你没有事吧?"

"我没有事。我们得赶紧逃走。"

"我们俩手脚都被捆绑,怎么走呢?"刘洋凯望着被紧紧绑住的双手说。

"我有三寸金属杆!"

"太好了! 这下可派上大用场了!"

刘洋凯亲眼见到陈静美用三寸金属杆开启保险柜,又打开酒瓶盖,还听她说可以用它来锯断木棍。

陈静美说:"它在我的口袋里,怎么拿出来呢?"

刘洋凯想了一下:"我有办法。"

刘洋凯挪动脚步,让自己和椅子一起移动。

陈静美如法炮制,也挪动脚步,让自己和椅子一起移动。

两人都踏着"碎步",同时向对方靠拢。

他俩终于"会师"了。

刘洋凯问:"静美,小金属杆在哪个口袋里?"

"在我裤子口袋里。"

刘洋凯将嘴巴伸向陈静美裤子的这边口袋。

陈静美:"不在这边,在那边口袋。"

刘洋凯又挪动脚步,让自己和椅子一起移动。

他将嘴巴伸向陈静美裤子的那边口袋。

刘洋凯的嘴巴在陈静美裤子的口袋里探寻。

他的嘴巴终于将小金属杆叼出来了。

他用小金属杆去切割捆住陈静美双手的绳子。

只用了两分钟,刘洋凯就把捆住陈静美双手的绳子割断。

陈静美的双手解放了! 她从刘洋凯口里拿到小金属杆,割断捆住自己双脚的绳子。

陈静美无法马上站起来。绳子绑得太紧,两脚血液不通,麻木了。

刘洋凯怜惜地看着她。

陈静美的双脚刚刚恢复知觉,她就站起来,用小金属杆割断捆住刘洋凯手脚的绳子。

刘洋凯活动了一下筋骨,走过去蹲下身子,查看躺在地上的阿叶。

陈静美问:"那家伙死了吗?"

"我不会把他弄死的,只要他不省人事就够了。"

"那家伙心狠手辣,把你往死里打,你对他却这么仁慈!"

"这家伙触犯了刑律,但没有死罪,即使出于正当防卫,我也不能把他打死。"

刘洋凯在阿叶的身上搜查。

陈静美问:"你在找什么?"

"看看有没有手枪。"

"我来帮你找。"

陈静美蹒跚地走过来。她隔着上衣拍拍阿叶的腋下,发现有个硬物,对刘洋凯说:"他的腋下有个硬物,可能是手枪!"

刘洋凯将手从阿叶的衣领伸到腋下,果然取出一把手枪。

刘洋凯看着手枪说:"这是勃朗宁 HP 手枪,跟胡俊射杀汪又贵的手枪是同一类型。下掉这家伙的手枪,以免他醒来后害人!"他说着将手枪放进口袋里。

"静美,你的腿没有问题吧?"刘洋凯关切地问。

"还好,就是不得劲。"

"我扶着你走,赶快离开这里。"

刘洋凯扶着陈静美走到大门口,看见门外停着一辆汽车。

"这可好了,不用你搀扶了。"陈静美高兴地说。

刘洋凯拉不开车门,对陈静美说:"又得用上你的三寸绝技了!"

陈静美拿出小金属杆,插向汽车门的锁孔,片刻,车门就打开了。

他俩钻进汽车。刘洋凯坐上驾驶席,陈静美坐在副驾驶席上。

陈静美又用小金属杆帮刘洋凯给汽车"点火"。

汽车启动,离开特里蒂斯大街绿色房子。

刘洋凯对陈静美说:"我们回到洛丹大街 47 号吧?"

"好的,继续寻找陨石做的美女雕像。"

刘洋凯腾出右手,掏出手枪,递给陈静美:"这把手枪是你发现的,你就留着防身吧!"

陈静美接过手枪看了看,又还给刘洋凯:"这种手枪我不熟悉。我喜欢用瓦尔特 PPK 型手枪,它的枪身较小,而且可以用手控制,女性用起来比较方便。"

刘洋凯对陈静美说,等回到纽约曼哈顿——刘洋凯的侦探公司所在地,给她配备一把瓦尔特 PPK 型手枪。

汽车向洛丹大街驶去。

罗彬、阿厚在洛丹大街 47 号一楼的房间、浴室搜索一阵,没有找到陨石做的美女雕像。

阿厚对罗彬说:"彬哥,我可以肯定,房间、浴室里绝对没有陨石做的美女雕像,也没有贮藏雕像的位置图。"

"那怎么办?"

"再到厨房里找找。"

他俩走在通往厨房的过道上。

阿厚用手电筒向四处照看。

手电筒的光柱落在墙壁的某一块地方。

"彬哥,有发现!"

"什么情况?"罗彬回过头来。

阿厚指着那块墙壁说:"墙上的这块地方是最近粉刷的,里面一定有名堂!"

"你能肯定?"

罗彬走过来,打开手电筒。

"一般的人看不出来,但这种微小的差别瞒不过我的眼睛!"阿厚自信地说。

"为什么?"

"我以前当过泥瓦匠,这种情况我见得多了。"

阿厚从厨房里拿来菜刀,对准那块墙壁,一刀一刀地凿起来。

罗彬将手电筒的光柱对准那块墙壁……

刘洋凯将车开到洛丹大街 47 号门外停住,同陈静美从车上下来。

他俩走到门口时,听到屋内传来凿墙壁的声音。

陈静美悄声问刘洋凯:"屋内有什么声音?"

刘洋凯侧耳细听:"好像是凿墙壁的声音。"

"谁会在屋里凿墙壁?"陈静美一脸茫然。

"该不会是罗彬一伙吧?"刘洋凯推测道。

陈静美点点头:"有可能! 不然他们为什么突然离开那间屋子,只留下一个歹徒?"

"幸亏罗彬和另一歹徒提前离开了,否则我们逃不出来。"

陈静美用钥匙插进门上的锁孔,悄悄将门打开。

刘洋凯掏出刚缴获的手枪,将子弹上膛。

门打开后,凿墙壁的声音更响了。

他俩蹑手蹑脚地向发出声音的过道走去。

罗彬举着手电筒,给正在凿墙的阿厚照亮。

在手电光的映照下,刘洋凯、陈静美同时看清了罗彬和另一名歹徒的面孔。

阿厚凿墙的声音掩盖了四周的动静。

刘洋凯、陈静美走到罗彬、阿厚的身边时,这两个人还全然不知。

刘洋凯举枪对着这两人,大声说:"不准动,举起手来!"

罗彬大吃一惊,回头看到黑洞洞的枪口,乖乖地举起手。

阿厚因惊慌手发抖,当啷一声,菜刀掉在地上。

罗彬回过神来,见是刘洋凯,问:"刘先生,你怎么跑出来了?"

刘洋凯答道:"这个问题,你回去问你的小兄弟。"他回头对陈静美说,"下掉他们的枪!"

陈静美走过去,从罗彬的裤袋里掏出一把手枪。

阿厚没有配枪,他只有一把匕首,也被陈静美拿走。

刘洋凯问:"罗彬,你们在这里干什么?"

"我们在找陨石做的美女雕像。"

"谁要你们找的?"

"宏爷。"

"那你就给宏爷传个话。"

"你要我们传话？不杀我们？"

刘洋凯说："对，不杀你们，但是要给宏爷传话。"

罗彬扑通一声跪下来。

阿厚也跟着跪下。

罗彬感激地说："刘先生，我们愿意为您效劳！"

阿厚也说："只要不杀我们，让我们干什么都行！"

第二十二章 塔楼歌声

从哥伦比亚河浴波而出的一轮水淋淋的月亮,冉冉升到美国俄勒冈州波特兰市夜空,把水银似的光亮流泻到这座有"玫瑰之都"美誉的城市。考奇公园游人散去,显得宁静而安详。

公园的瞭望塔里,一个高挑的身影走到窗前,举头远望,像是在观赏夜空的皓月。

不一会,身影回转过来,在塔内漫步。

这是邵天成的身影。

他为了追寻恋人的足迹,特地来到考奇公园,这是他和恋人曾一同游玩的地方。

邵天成的姑父是波特兰市一家葡萄酒酿造厂的老板。这里玫瑰四季常开,每年举办一次玫瑰花节。邵天成在美国留学的时候,曾在节日里偕恋人来到这里探望姑父,观看用玫瑰花装饰的各种彩车盛大游行。

而今玫瑰依然飘香,恋人却不知身在何方。今晚,邵天成开着表

哥的汽车来到这个公园,重访旧游地,再唱怀旧曲,让跳动的音符把他
带回那温馨的日子。

　　邵天成原本就是一个歌手,又是有感而发,他演唱恋人最爱听的
印度尼西亚民歌《星星索》情真意切,荡气回肠,动人的歌声在瞭望塔
里飘荡:

　　　　呜喂,

　　　　风儿呀吹动我的船帆,

　　　　船儿呀随着微风荡漾,

　　　　送我到日夜思念的地方。

　　　　呜喂,

　　　　风儿呀吹动我的船帆,

　　　　姑娘呀我要和你见面,

　　　　向你诉说心里的思念。

　　　　当我还没来到你的面前,

　　　　你千万要把我记在心间,

　　　　要等待着我呀,

　　　　要耐心等着我呀,

　　　　姑娘!

　　　　我心像东方初升的红太阳。

　　　　呜喂,

风儿呀吹动我的船帆，

姑娘啊我要和你见面，

永远也不再和你分离。

呀！

与此同时，波特兰市一家同性恋酒吧里，几个男同性恋者喝得酒酣耳热，动身前往考奇公园。

波特兰市有两百多个公园，他们为何独爱考奇公园？

原来，考奇公园一带是同性恋者的聚集地……

洛丹大街47号。

刘洋凯对跪在地上的罗彬、阿厚说："都起来，我们到屋里谈。"

四人在房内坐下。

陈静美仍用从罗彬身上搜出的手枪指着这两个歹徒。

刘洋凯问："你们为什么老盯着美女雕像？"

"我们是奉了宏爷的指示。"罗彬据实相告，"宏爷对我们说，这个雕像是用陨石做的，价值不可估量，但是汪又贵被人杀死了，美女雕像不知去向，而汪又贵是我们金龙帮的成员，所以宏爷指示我们要找到美女雕像。"

刘洋凯又问："汪又贵是怎样获得这个陨石做的美女雕像的？它的真正主人是谁？"

罗彬摇摇头。

"其实报纸上都登了,你们没有看?"

罗彬、阿厚同声答道:"我们是不读书不看报的。"

"那我告诉你们。"刘洋凯说,"陨石做的美女雕像的主人是哈希文先生,后来不知怎么到了一个小混混手里,他卖给古董商人祁再发,而你们帮会的成员、祁先生的外甥汪又贵杀死舅舅,劫走陨石做的美女雕像……"

罗彬、阿厚似有所悟。

刘洋凯接着说:"汪又贵虽然也被人枪杀了,但他的手上毕竟沾上了舅舅的鲜血,逃脱不了杀人凶手的罪名。"

"那是,那是。"罗彬、阿厚连连点头。

刘洋凯继续说:"我受委托承办这宗系列杀人案,寻找陨石做的美女雕像的下落,你们却三番五次干扰我办案,这是什么行为?"

罗彬答道:"这是不道德的行为!"

"我们江湖中人不能干这种事!"阿厚说道。

"不仅不道德,而且违法。所以,请你们转告宏爷,这个造成多人死亡的美女雕像,你们为什么要盯着不放呢?"

罗彬、阿厚面面相觑。

"你们金龙帮在华人中很有名气,理应为受害者伸张正义,协助我们捉拿凶手,追回陨石做的美女雕像,而不应该干扰办案,制造事端。"

罗彬、阿厚同声说道:"我们一定禀告宏爷。"

刘洋凯对陈静美说:"静美,把枪给我。"

陈静美不解地望着刘洋凯,刘洋凯没有解释什么,陈静美只好把从罗彬身上缴获的枪交给他。

刘洋凯打开手枪的弹匣,取出里面的子弹,将空弹匣推进枪柄里,把枪递给罗彬:"子弹我下掉了,手枪还给你。"

罗彬一愣,没有接枪。

刘洋凯说:"你在道上混,失掉手枪是一种很没面子的事,把枪拿去吧。"

罗彬接过手枪,心情十分激动:"刘先生,您以德报怨,我罗彬服了!"

"时间不早了,快回去吧!"

罗彬、阿厚站起来,连连鞠躬。

"你们的汽车就停在门口,把它开回去。"

罗彬、阿厚连声说:"谢谢刘先生! 谢谢刘先生!"

"还有,你们的那个小兄弟,肋骨可能断裂,快送他上医院!"刘洋凯嘱咐道。

"是,是!"罗彬、阿厚转身离去。

两人走出房门,找到停在门口的汽车、摩托车。

阿厚对罗彬说:"彬哥,我看姓刘的脸上伤痕累累,一定被阿叶打得不轻!"

"他不报复我们,却放我们走,够朋友!"罗彬心存感激。

阿厚问:"回去怎么跟宏爷说?"

"实话实说。宏爷很讲义气,我想他知道今天的情况后,不会再派我们找陨石做的美女雕像了。"

"也是的。我们金龙帮发财的渠道多得很,何必盯着那个破雕像呢!"

阿厚跨上摩托车,罗彬钻进汽车。

两辆车同时发动,驶离洛丹大街。

罗彬、阿厚走后,陈静美问刘洋凯:"为什么把那两个坏蛋放走?"

刘洋凯认真地说:

"在我们历史悠久的中华文化中,有'化敌为友'的智慧,这四个字既可以作为军事斗争的'兵法',又可以作为侦查办案的'谋略'。网开一面,放走那两个歹徒,我并不指望和他们成为朋友,但有可能将他们从敌人转化为中立者。"

事实证明,刘洋凯的判断是正确的,罗彬等人再没有给侦查工作添乱。

然而,金龙帮首领朱宏并没有就此罢休,继续派持有律师执照的吴友光跟警署联系,套取信息。

此外,古董检证会对寻找陨石做的美女雕像的影响到底有多大,还是个未知数。

陈静美对刘洋凯说:"刚才我们回来的时候,罗彬他们在凿墙,我们去看看吧。"

"好的。"

两人走上过道。

陈静美用手电筒照亮刚才被凿的一部分墙壁,说道:"就是这里。"

刘洋凯也打开手电筒,照看墙壁的这一部分,对比其余部分。

刘洋凯看了一会,说:"好家伙!这一处的墙壁跟别的地方竟然有些不同。"

陈静美凑近一看:"这一处的墙壁好像是最近粉刷的。"

刘洋凯猜测道:"过道的光线差,又不引人注目,罗彬他们能够发现墙壁上的小差别,其中一人可能当过泥瓦匠。"

"那我们就照着他们凿过的印迹继续凿下去!"陈静美提议。

"好,试试看。"

刘洋凯拾起阿厚刚才在惊慌之中掉在地上的菜刀,说道:"用两只手电筒照亮他们刚才凿过的地方。"

陈静美拿着自己的和刘洋凯的手电筒,将双倍的亮光照到那块墙壁上。

刘洋凯对准陈静美照得明晃晃的地方,挥刀砍去!

"我们深夜凿墙,不会吵到人家吧?"陈静美有些担心。

刘洋凯一边凿墙一边说:"不会。这是独栋房子,房东又不住在这里,如果会吵到人家,刚才罗彬他们凿墙的时候,就会有人干涉。"

陈静美点点头:"如果刚才有人来干涉,罗彬他们就会有准备,我们就不大可能当场逮住他们了。"

刘洋凯对着那块墙壁挥刀不止。

奇迹终于出现了!

刘洋凯将那块墙壁凿开,露出了一个小洞,藏在里面的一个金属盒在手电筒的照射下闪闪发亮!

陈静美惊呼:"金属盒子!"

"这可能不是普通的盒子,说不定里面装有贮存陨石做的美女雕像的位置图!"

刘洋凯一边说着,一边伸手从凿开的小洞里取出金属盒。

陈静美凑过来。

在两只手电筒强光的照射下,金属盒流光溢彩。

一把精致的铜锁将金属盒紧紧锁住。

"盒子锁住了。"

"我来打开这把铜锁。"

陈静美掏出金属杆,对准铜锁的锁孔。片刻,锁被打开。

刘洋凯取下铜锁,轻轻揭开金属盒的盖子。

金属盒被打开,里面没有想象中的贮藏陨石做的美女雕像的位置图,只有一张小纸片。

陈静美指着盒子里的小纸片说:"这是什么?"

刘洋凯取出小纸片:"这是一张名片,质地很好,印刷精良,正面印着周经理的名字周义生以及他的头衔、住址、电话。"

陈静美接过名片看了看,然后翻转过来。

名片反面写着:

初升的红太阳。

12、7、9、5。

陈静美拿着名片念道:"初升的红太阳。12、7、9、5。什么意思?"

刘洋凯说:"先要确定,这几个字是不是周经理本人写的。我明天去警署。"

刘洋凯来到警署,找到艾丽斯,对她说:

"经过一番周折,我们找到了一只盒子,里面没有其他物品,只有这张名片,反面写了几个字。"

刘洋凯将名片递给艾丽斯。

艾丽斯接过名片看了看,说:"要确定这几个字是不是周经理本人写的,先要问罗西娅,然后请文检专家确认。我去办这件事。"

"那辛苦你了。"刘洋凯说。

"这是我分内的事,"艾丽斯莞尔一笑,"学长辛苦了!"

第二天,刘洋凯拿回名片,对陈静美说:"经过罗西娅指认,文检专家鉴定,名片反面的这几个字是周义生本人写的。"

陈静美又一次看了看名片。

刘洋凯说:"这几个文字和数字,隐含的内容很可能是藏匿陨石做的美女雕像的地点。"

陈静美没有说话。

刘洋凯自言自语:"名片上写的'初升的红太阳'是什么意思?"

陈静美双手托腮,静静思考。

刘洋凯围着办公桌缓缓踱步。

陈静美霍地站起来,明澈的眼睛里,突然迸发出兴奋的光焰。

她得意地说:"我知道'初升的红太阳'是什么意思了!"

刘洋凯回头问道:"什么意思?"

陈静美看到他瞪大眼睛、伸长脖子等待自己说出真相的急切的样子,禁不住扑哧一笑。

"少安毋躁,且听我慢慢道来。"

陈静美喝了一口茶,开始讲述:

"'初升的红太阳'是从印度尼西亚民歌《星星索》中摘取的六个字。新都会歌舞厅业主邵老板的儿子邵天成在美国留学的时候,爱上了女同学、一位美籍印度尼西亚姑娘,两人确定了恋爱关系,那个姑娘大学毕业后不知去向,邵天成多次去美国寻找恋人的下落,都没有找到,因长时间忧郁而精神失常,就一个人到歌舞厅的楼上唱《星星索》,寄托对恋人的怀念。"

刘洋凯听罢,叹道:"哎呀,静美,你哪里来的这些情报?"

"这都是本姑娘到新都会歌舞厅上班的意外收获!"陈静美显出扬扬得意的神色。

"这么说米,周义生贮藏陨石做的美女雕像的位置,应该和邵天成唱《星星索》的地点有关。"刘洋凯推测道。

"这就是我的想法!"陈静美的语气很坚定,"但是,我听邵天成在新都会歌舞厅楼上唱过一次《星星索》以后,就再也没有见到他了。"

"邵天成还会在别的什么地方唱《星星索》呢?"

刘洋凯的眼神有些迷茫。

第二十三章 节外生枝

俄勒冈州波特兰市。

凌晨三点,巡警索姆斯开着警车巡逻时,车载电台响了,值班员通知他,有人向总部报案,声称在考奇公园瞭望塔里发现一具男尸,要他前往查看。

索姆斯当即赶到考奇公园,在两名报案者的带领下,进入瞭望塔,在第二层楼台上,果然看见一具男尸。

死者肌肤微温,衣着考究,发式新颖,刚刮过胡子,不像那些经常在公园里过夜的流浪汉。

二十分钟后,刑事侦缉科探员、技术人员、法医陆续赶到现场。

法医发现,死者喉管被割,左胸、上腹各有两处刀伤,系被人用刀具杀死;面部、后背有明显撞伤,被杀之前曾遭受拳打脚踢。死亡时间约在四十分钟以前。

侦查技术人员在瞭望塔内及四周没有找到凶器,但他们一致认为,现场附近脚印杂乱,瞭望塔底层的墙上有几处血迹,证明凶手至少有五人,他们先在塔底层猛烈攻击被害人,当被害人逃到第二层楼台上时,被他们中的一人用刀刺死。

探员们发现,死者手上有咖啡痕,由此推断,死者遇害之前曾去过酒吧。

但是,探员们走访了邻近公园的两家酒吧,询问了多位服务生,都记不起曾有与被害人相貌相似的年轻人去过他们酒吧。

在波特兰市警方查找考奇公园被害人身份的同时,刘洋凯告诉艾丽斯,周义生贮藏陨石做的美女雕像的位置,很可能和邵天成所唱的印度尼西亚民歌《星星索》的地点有关,艾丽斯便到邵家打听他的下落。

邵天成的父亲对艾丽斯说,他接到邵天成姑父从波特兰市打来的电话,说邵天成外出未归,询问他是否已回到雅加达。邵天成的父亲不见儿子回来,十分担心。

波特兰市警方在市郊的一片白桦林里找到邵天成表哥的汽车,进而查明考奇公园的被害人是邵天成。

警方发现这部汽车的车窗半开,车门未锁,奇怪的是,车上的钱包和护照等物品居然都原封未动,汽车的方向盘上还留下几枚带血的指纹。警方据此认为疑凶是个新手,作案后跳上汽车逃离现场,弃车步行,或搭车回家。

但问题在于,疑凶既然并非图财,为何要害命? 如果疑凶与邵天成只是偶然相识,话不投机,或者发生别的冲突,又为什么要如此残忍地将他杀死? 倘若疑凶同邵天成有宿仇旧怨,预谋杀死他,又为什么如此大意,留下血指纹?

带着众多难解的问题,探员们继续开展侦查,最终抓获真凶,查明了案情。

浪荡青年托尼并不是男同性恋者,但他喜好恶作剧。托尼和几个朋友常去同性恋者聚集的考奇公园一带,由他出面与真正的同性恋者调情,引诱其上钩,待其信以为真以后,就把这个同性恋者带到偏僻处,骗其脱下衣服,这时,躲在黑暗处的其他人突然跳出来,大喊大叫,将其戏弄挖苦够后,就放他走,他们则哈哈大笑而归。托尼声称这种恶作剧是"我们的一种高级娱乐方式"。

那天,托尼和他的狐朋狗友逛到考奇公园的时间比平时晚些,真正的同性恋者都已找到自己的"同志",成双成对地离去,只剩下邵天成一人在瞭望塔里唱歌,托尼便上前调戏他。

邵天成虽因过分怀念恋人导致精神有些失常,但他从总体上讲,是个注重体面、珍惜名誉的人,他不吸毒,不酗酒,禀性温和,尊敬妇女,交友审慎。他对托尼等人的调情戏弄十分反感,当即进行抵制,因而遭到他们的围攻。托尼等人一齐动手,将邵天成狠揍了一顿。

那天晚上,托尼不小心丢了钱包,既赔了财,又喝醉了酒,想找个人发泄,等众人走出瞭望塔时,他故意落在后面,掏出一把尖刀,在邵天成的左胸、上腹各刺两刀,然后又一刀切断了他的喉管……

当艾丽斯告诉刘洋凯,邵天成在波特市考奇公园瞭望塔里遭到刺杀身亡时,刘洋凯惊呆了!既然认为周义生贮藏陨石做的美女雕像的位置,可能与邵天成唱《星星索》的地点有关,而今斯人已去,再也无法获知他曾经在哪些地方唱过《星星索》,寻找美女雕像的最后希望岂不是成了泡影?

刘洋凯没有气馁。他获知凶手作案后乘坐邵天成表哥的汽车逃离现场,将汽车遗弃在波特兰市郊白桦林,并没有动邵天成留在车上的钱包、护照等物品,便亲自赶往波特兰市,从邵天成遗留在车中的物品中发现一个日记本,上面记有邵天成同恋人曾经到哪些地方游玩,这些旧游地可能成为他后来唱《星星索》的地点。

刘洋凯返回雅加达,陈静美逐页翻看了他拿回的日记本,说道:"邵天成唱《星星索》的地点若是公共场所,例如新都会歌舞厅楼上、考奇公园瞭望塔内,周义生不会把陨石做的美女雕像藏在那里。"

"如果邵天成唱《星星索》的地点周义生不熟悉,或者虽然熟悉,但存放和取出不方便,他也不会把陨石做的美女雕像藏在那里。"刘洋凯补充道。

两人于是以"不是公共场所""周义生存放和取出美女雕像很方便"为前提,对邵天成在日记本中罗列的地方一一进行筛选。

景明大楼505室在众多的地点中显得特别突出。

那里是周义生租住的办公室兼寝室。

景明大楼是邵老板的物业,505 室出租前,邵天成就住在那里。

邵天成的日记本记载,他在美国留学时,曾经在假期将恋人带回雅加达,并在 505 室住过。

恋人失踪后,邵天成有次在 505 室唱《星星索》,周义生正好来看房子,两人见过面,这在邵天成的日记本上也有记载。

据此,刘洋凯、陈静美将景明大楼 505 室作为周义生最有可能贮藏陨石做的美女雕像的地点。

"确定了周义生贮藏美女雕像的地点,也就是说,解决了名片上写的《星星索》歌词'初升的红太阳'的问题,但周义生会把美女雕像藏在什么位置呢?"陈静美说。

"这就得研究这四个数字——12、7、9、5 的含义了。"

刘洋凯拿出周义生的名片,看着名片反面的"初升的红太阳"六个字和这几个数字。

陈静美拿来饼干盒,边吃饼干边思索。

"景明大楼 505 室是个套间,进门是主房,里面是卧室。罗西娅是周义生的情妇,她有时也睡在那里,她有房间、柜子的钥匙。"刘洋凯对陈静美说,"在这种情况下,周义生会把陨石做的美女雕像藏在哪里?"

"藏在地板下面!"陈静美脱口而出。

刘洋凯正准备伸手从盒子里拿起饼干,听到这话突然停住了。

"在一个房间里重新找回藏在地板下面的东西,地板上既没有留下任何记号,身上也没有带尺子,最简单的办法就是数脚步。"陈静美语出惊人,她接着说。

"我认为周义生写下的 12、7、9、5 四个数字,就是他进入 505 室主房后,向东、南、西、北四个方向所走的脚步数。这就是说,以房间门口为原点,向东走 12 步,接着向南走 7 步,再向西走 9 步,最后向北走 5 步,这时脚步停下的位置,就是藏匿陨石做的美女雕像的准确地点!"

刘洋凯惊异地说:"哎呀,静美,这真是奇思妙想。"

"有没有道理?"

"有道理,而且具有操作性。"

陈静美问:"周义生的脚长是多少?"

"为什么要问这个问题?"

陈静美眯着眼睛说:"脚长与步长的比例是一比三点五,知道周义生的脚长,就知道他每走一步的长度了。"

刘洋凯叹道:"哎呀,静美,你的记性真好!"

陈静美问:"你知道周义生的脚长吗?"

"知道。"刘洋凯说,"根据法医的检验,周义生脚长二十四厘米。"

"那他的步长就是八十四厘米。"

"完全正确!"

刘洋凯把一块饼干放进嘴里:"我去找邵老板拿钥匙,明天晚上就去景明大楼 505 室。"

"要带上皮尺和撬地板的工具。"陈静美补充道。

皓月当空,清澈的银光照亮了景明大楼505室。刘洋凯、陈静美可以想象邵天成在这里咏唱《星星索》的情景。

陈静美根据周义生的脚长计算出步长,再乘以步数,得出周义生向东、南、西、北四个方向所走的距离;刘洋凯、陈静美拉着皮尺,按照这四个数据,在房间里向东、南、西、北四个方向测量。

当皮尺的端点最后一次落在地板上时,陈静美兴奋地说:"就是这里!"

刘洋凯把这个位置的地板撬开,发现用胶布包着的物品。

陈静美将手电筒的光柱对准这个物品。

刘洋凯打开胶纸,赫然现出陨石做的美女雕像!

两双眼睛同时射出兴奋的光芒!

陈静美拿出苏丹娜寄来的陨石做的美女雕像照片,同刘洋凯一起对眼前的美女雕像进行比对时,吴友光不知从哪里冒出来。

吴友光欲抢夺刘洋凯手中的陨石做的美女雕像,刘洋凯机灵地避开。

"吴律师,你要干什么?"

"我要把陨石做的美女雕像拿回去!"

"为什么?"

"这还用问?"吴友光冷笑一声,"它的主人是汪又贵,我是汪又贵的律师。"

刘洋凯将高举着的陨石做的美女雕像晃动一下:"它的真正的主人是哈希文的妻子苏丹娜!"

吴友光神气地说:"那我就告诉你,麦克伦警长已经同意,将陨石做的美女雕像移交给我们。"

"我还没有同意!"

麦克伦在两名警员的陪同下走进来。

他对吴友光说:"虽然杀害汪又贵的凶手还没有查出来,您还可以继续调查,但我正式通知您,陨石做的美女雕像您不能拿走。"

吴友光瞪大眼无言以对。

麦克伦又转向刘洋凯:"刘先生,有件事想跟您商量。"

"请讲。"

麦克伦以征求意见的口气说:"上峰告诉我,陨石做的美女雕像先由跨国组织古董检证会进行研究鉴识,因为哈希文先生曾经向检证会展示过陨石做的美女雕像,该会知道雕像特征,确定真伪后,再发还苏丹娜女士,您看可否?"

刘洋凯考虑到警署对他侦查办案的支持,一时不好回绝;况且制造麻烦的不是警署而是那个古董检证会,必须紧急思索对策,于是对麦克伦说:"警长,就按您说的办。"

刘洋凯将陨石做的美女雕像交给麦克伦。

第二十四章　查找真相

刘洋凯认为,区分谁是敌人、谁是朋友,不仅是政治斗争和军事斗争的首要问题,也是侦查办案中不能回避、必须认真对待的原则问题。在侦办陨石做的美女雕像案的过程中,刘洋凯认定麦克伦警长是朋友,而后来插一杠子的古董检证会是敌人。朋友来了有好酒,对付敌人用计谋。

刘洋凯和陈静美四处打听,最后通过刘涛在古董检证会工作的二叔获知,陨石做的美女雕像锁在该会三楼保管室的保险柜里,刘洋凯于是对陈静美说:"静美,这次又要用你的'三寸绝技'了!"

陈静美一时还没有理解这句话的意思,怔怔地望着刘洋凯。

刘洋凯郑重地说:"苏丹娜说过,哈希文虽然给陨石做的美女雕像肚内的装置换上了新的电池,但它的电量只能维持三十天,这个期限只剩下两天了,如果任由古董检证会将雕像拿走,电池的电量耗尽,我们将无法查明哈希文在飞机上的情况和美女雕像是如何掉到地面并落入古董商人手中的。两天时间一晃而过,我们已经被逼到墙角,必须采取特殊手段,用仿制的美女雕像,把古董检证会保管室里的陨石做的美女雕像换出来!"

"偷梁换柱,三十六计中的一条妙计!"陈静美直点头,"我的手艺可以派上大用场了!"

苏丹娜在德国看到了陨石做的美女雕像的仿制品;美女雕像是用一万五千年以前的陨石雕制的新闻在当地传开了,精明的工匠做了一批仿制品卖给收藏家。苏丹娜认为这个仿制品跟真品极为相似,特地买了一件,并拍下彩照寄回雅加达,刘洋凯对照照片和雕像正品,从外观上分不出来。

苏丹娜从德国返回雅加达,带回了这件仿制的美女雕像。

刘洋凯告诉苏丹娜,美女雕像已经找回,但被古董检证会拿去"鉴定",正在设法弄回来。

苏丹娜在气愤之余,对刘洋凯说:"幸好启动美女雕像肚内录音装置的开关不为人知,否则会更麻烦。"

她为了配合刘洋凯夺回陨石做的美女雕像,将从德国带回的仿制品交给他。

此刻,这个假陨石做的美女雕像就放在刘洋凯办公室的柜子里。

陈静美在新都会歌舞厅的搭档刘涛不仅摸清了陨石做的美女雕像藏在古董检证会的确切位置,还以找二叔为名,几次进入该会三楼,对保管室周围的环境进行观察,并画了一张草图。

刘涛带着这张草图去找陈静美,提出想参加这次换回陨石做的美女雕像的行动;陈静美向刘洋凯建议吸收刘涛进来,刘洋凯欣然同意。

还有个重要角色是李明秀。她给陈飞当情妇不是为了享受,而是为了赚钱给受伤的哥哥治病。陈飞厚待李明秀,在苏迪曼大街给她买了一套公寓,并让她的哥哥住进了疗养院。

这样,李明秀原来租住的房子就空下来了,但她不能退租,哥哥出院后还要回来住。

那间房子正好跟古董检证会为邻。

李明秀带领陈静美、刘洋凯去看了那间房子。

回到侦探事务所,刘洋凯拿出刘涛画的古董检证会的三楼草图,对照李明秀和哥哥租住的那间房子,对陈静美说:

"李明秀的租住房和古董检证会保管室,都在三楼,从租住房窗户上伸出一架梯子,搁在对面三楼的阳台上,从梯子上爬过去,就可以直达古董检证会三楼长廊。"

"这倒是个办法。"陈静美点点头。

"但是有风险。"刘洋凯接着说,"这个搭梯入室的办法之所以有风险,除了高空作业有难度,还怕被人看到,因而在实施时,最好让那一带停电。"

"停电……?"陈静美托腮沉思。

刘洋凯强调:"只有停了电,以夜色作掩护,才能实施这个方案。不停电的话,灯光照亮了两幢房屋之间架设的梯子,就会暴露我们的行踪。"

陈静美思索片刻,心里豁然开朗,对刘洋凯说:

"再去找李明秀。上次为调查手帕的事,田芳芳带我们去李明秀家,正好撞见包养她的老板陈飞的夫人到她家兴师问罪,由于我们突然出现,帮李明秀和她的老板解了围。我听说那个老板是电灯公司的营业所所长,去找他解决停电的问题。"

"有把握吗?"刘洋凯问。

"我看有把握。上次我们帮了他的忙,他这次只帮我们拉一下电闸,有什么不可以的?田芳芳后来告诉我,陈飞的夫人去李明秀家,当时陈飞就在房内,如果不是我们帮了忙,陈飞的营业所所长早就被撤了。我明天去找田芳芳,让她陪我去李明秀家,一定要陈飞明天晚上让古董检证会那一带停电两小时。"

次日,陈静美同田芳芳一起,趁陈飞在公寓的时候去找李明秀,田芳芳编了一个理由,李明秀在一旁帮腔,陈飞当即答应今天晚上十点到十二点,以维修为名,让那一带停电两小时。

晚上八点钟,刘洋凯、陈静美、李明秀、刘涛聚集在李明秀为哥哥租住的那间房子里,众人再次研究了搭梯入室方案,并对各个环节所需的时间做了预算。

在连续几个月明之夜后,今天晚上夜色苍茫,十时整,古董检证会一带断电,周围的建筑物都被黑暗吞没。

一架梯子神不知鬼不觉地从李明秀租住房的窗台伸出来,搁到古董检证会三楼长廊外面的阳台上。

为了安全起见,刘洋凯背着仿制的美女雕像先爬过去,查看古董检证会三楼是否有人,他猫在阳台上,未发现里面有动静,就打手势让陈静美过来。

"我从小就有恐高症,而且害怕黑暗。"陈静美怯生生地说。

"我也是这样。这次有大侦探在身边,你会克服的。"李明秀帮她打气。

陈静美被刘涛扶着爬到窗台上,两只手刚扶住这架颤悠悠的梯子,心里就直打战。

"静美,勇敢些!"刘涛小声为她加油。

陈静美颤巍巍地在梯子上爬行了两步。

刘洋凯站在对面阳台上伸长颈子看着她。

陈静美又爬行了两步。

别看她开锁时胆大心细、身手灵活,但在梯子上被吓得魂不附体,动作迟钝。

刘涛、李明秀在这边房子的窗台边提心吊胆地注视着她。

刘洋凯在对面阳台上焦急地等待她。

刘洋凯恨不得重新爬回去,把陈静美背过来,但因为木梯很长,中间又没有支点,不能同时承载两个人,如果梯子折断,后果不堪设想。

陈静美艰难地在梯子上爬行。

一眨不眨地盯着陈静美的三双眼睛,饱含希望与鼓励。

陈静美整整花了八分钟,才从梯子上爬到古董检证会三楼阳台。

刘洋凯将她从梯子上抱下来。她立即掏出小金属杆,以娴熟的动作插进阳台落地窗的锁孔里。此时,陈静美显得镇定多了,她比原计划提前六分钟打开了落地窗,把在梯子上耽搁的时间补回来了。

进入古董检证会三楼像深邃的黑洞一样的长廊,陈静美又紧张起来。刘洋凯挽着她的手,扶着墙壁朝保管室慢慢摸去。

黑暗中,陈静美不仅感到自己的手和脚在颤抖,甚至牙齿也在咯咯相撞。要不是身强力壮的刘洋凯挽着她,她准会瘫倒在地上。

保管室在长廊的那一头,中间隔着楼梯。刘洋凯、陈静美在黑暗中摸索行走,终于摸到了楼梯口。

突然,从二楼传来脚步声,他俩吓了一跳。刘洋凯侧耳细听,脚步却没有上楼梯,而是在二楼走动,随即听到弹簧门被推动的声音,与此同时,空气里浮游着一股淡淡的臭气,原来是值班人员上厕所,两人提到喉咙的心才又落回胸膛。

值班人员上完厕所回到值班室,长廊里又恢复了死一样的寂静。

刘洋凯、陈静美在黑暗中摸索了十来分钟,终于摸到了保管室的门。说来也奇怪,陈静美一摸到门上的把手,不安的心情顿时消失得无影无踪。一分钟不到,她就把门锁打开了。

刘洋凯轻轻把门推开,不让它发出声响。两人进入保管室后,他又轻轻把门关上,先用袖珍手电筒照了一下,发现这个房间是封闭式的,没有窗户,他就换了一个大手电筒,让陈静美在充足的光线中仔细观察保险柜。

　　陈静美确定这是一台簧片式特级保险柜以后，双腿跪在地上，耳朵紧贴在保险柜的钢门上，一只手握住门把手，一只手将那根三寸长的小金属杆插进锁孔里，然后慢慢转动，全神贯注地倾听小金属杆在锁孔里发出的细微响声。这种响声只有经过训练的、高度灵敏的耳朵才能听得出来。

　　时间一分一秒地过去。

　　李明秀的租住房里，李明秀、刘涛焦急地等待着。

　　古董检证会保管室内，刘洋凯警惕地留意门外的响动，陈静美伏在保险柜上几乎忘记了一切。

　　整整四十分钟，保险柜终于被打开了！

　　陨石做的美女雕像赫然放在里面！

　　刘洋凯从背着的袋子里取出仿制的美女雕像，将真品美女雕像调换出来。

　　陈静美按原样锁好保险柜，一点痕迹也不留下。

　　她做完这些事情，终因紧张过度，瘫倒在地板上。

　　刘洋凯将她背起来，撤离保管室，回到阳台上。

　　一阵夜风吹来，陈静美的精神状态好了一些，艰难地从梯子上爬回李秀明的租住房……

　　刘洋凯、陈静美、苏丹娜、刘涛齐聚侦探事务所，围坐在放置美女雕像的桌前。

苏丹娜认定，它就是哈希文从德国买回的陨石做的美女雕像，并巧妙地打开它肚内的录音装置。

其中有一段对话，是小混混猴子同古董商人祁再发谈生意：

祁再发的声音："猴子老弟，是什么古董？"

猴子的声音："一件石头做的美女雕像。"

"你是怎么搞到的？"

"我在一个树林里捡到的。"

"什么地方的树林？"

"我不能告诉你。但这绝不是偷来抢来的。"

另一个人的声音："猴子是这一带有名的拾荒大王，他靠辛勤劳动赚钱，不做伤天害理的事。"

刘涛听到这里，喊道："停！"

苏丹娜关掉美女雕像肚内的录音装置。

陈静美问刘涛："你认识猴子？"

"当然！"刘涛抬了抬手腕，"这只手表还是猴子卖给我的。"

刘洋凯喜出望外："太好了，快去找猴子！"

在猴子的带领下，刘洋凯、陈静美、刘涛、苏丹娜乘船去千岛群岛。

虽然叫作"千岛群岛"，但这里实际上只有三百四十二座迷你小岛，由南向北散落在雅加达湾中。最近的小岛离海岸几海里，最远的小岛离海岸六十海里。这些岛屿面积多数不足一平方千米,大部分岛屿无人居住。

刘洋凯一行来到猴子发现降落伞和陨石做的美女雕像的无人小岛。

岛上树木繁茂,郁郁葱葱,但闻鸟啼,不见人影。

刘洋凯在猴子指认的地方看到挂在树上的降落伞,将它取下来。

苏丹娜认出这就是丈夫哈希文每次乘飞机都随身携带的运动用降落伞,上面有哈希文的名字。

只见降落伞,不见哈希文,苏丹娜虽然悲伤却没有眼泪。她早就做好丈夫已经不幸遇难的思想准备。但毕竟找到了丈夫生前经常使用的运动用降落伞,这又使她感到欣慰。

第二十五章　珍宝回归

刘洋凯、陈静美、苏丹娜、刘涛返回侦探事务所。

苏丹娜再次打开陨石做的美女雕像肚内的录音装置。

八只耳朵倾听这个装置发出的声音。

首先是机场送别的嘈杂声,接着是机上乘客的交谈声、空乘小姐的叮嘱声……

引擎发动,螺旋桨飞速旋转,客机离开机场跑道,冲向天空……

显然是坐在舷窗边的一位女士望着窗外赞道:"哇! 群星璀璨,多么美丽的夜色……"

机舱渐渐安静下来。

清晰的脚步声。这是背着挎包(陨石做的美女雕像就放在包内)的哈希文在走路。他上完厕所,在通道内遇到熟人,正在打招呼:"索尔德先生,您也坐这趟航班?"

索尔德的声音:"哈希文先生,别这样叫我,护照上不是这个名字。"

哈希文的声音："我不管你叫什么名字,咱俩真有缘呀,在雅加达经常打交道,在国际航班上又见面。您的好朋友萨斯塔来了没有?"

"他来了……"索尔德支支吾吾地回答,"哦不……他……他……没有……来。"

又是一阵脚步声。哈希文回到座位上。

一片静谧。偶有乘客的鼾声……

良久。突然响起一声沉闷的爆炸声……

一名乘客惊呼:"行李舱着火了……"

显然是因为机舱内烟雾弥漫,乘客们剧烈地咳嗽着……

哈希文自言自语:"见鬼!索尔德一定疯了……"

脚步声、呼喊声交织,机舱内一片混乱……

难以分辨内容的嘈杂声持续了一段时间……

随后响起呼啸声……

苏丹娜关掉陨石做的美女雕像肚内的录音装置,请刘洋凯对播放的录音进行分析。

刘洋凯认为,W航班客机飞行员与地面控制台进行最后一次联系后不久,就遭遇了"灾难性事件"。

当灾难发生时,机组人员英勇地试图拯救飞机上的乘客,而不是所谓的劫持飞机。

这个灾难性事件是什么?

根据录音中的沉闷爆炸声和哈希文说的"索尔德一定疯了",刘洋凯认为哈希文很了解索尔德,推断是这个"发了疯"的索尔德引爆了暗藏在行李舱里的炸弹。

每次乘飞机都在旅行包里随身携带运动用降落伞的哈希文,听到爆炸声和看见浓烟后从座位上站起来,拿起放在挎包里的陨石做的美女雕像,准备跳伞。

他知道飞机有个尾部出口,机舱后腹部可以降下扶梯,从那里跳伞,不会受到尾部发动机和机尾的伤害。

然而,这架飞机的尾部出口此时被堵死了,哈希文竭尽全力,也只能打开一个小洞,人根本无法钻出去跳伞,犹豫片刻,他将陨石做的美女雕像牢牢系在运动用降落伞下面,并在降落伞上写下一个人的名字和他的租住地,当哈希文从小洞口看到城市繁星似的灯火迫近时,将它用力向外抛去! 降落伞在空中飘荡一段时间后,落到邻近雅加达的一座无人小岛上……

行李舱里的炸弹被引爆后,不仅造成机舱内烟雾弥漫,而且损坏了安装在行李舱上面的飞机控制线路。

浓烟弥漫和线路受损,严重影响了机组人员正确操控仪器,这架飞机一会儿爬升到四万五千英尺的高度,一会儿又下降到两万三千英尺的高度,并且因为机组人员急于找到安全的降落地点而偏离了航线。

飞机改变航向以后继续飞行,直至燃料耗尽,一头栽进印度洋,机上人员全部遇难。

大家一致同意刘洋凯的推断。

但是，必须找到证据，才能证明刘洋凯的推断是正确的。

证据在哪里？

刘洋凯取出从无人小岛寻获的哈希文先生生前用过的运动用降落伞。

这个降落伞居功至伟，将陨石做的美女雕像带回了地面。

刘洋凯通过鉴定降落伞纤维上残留物的化学成分，证实 W 航班客机曾经发生爆炸、起火。

同时，刘洋凯在降落伞上发现"索尔德"这个名字，还有他的租住地。

刘洋凯十分庆幸，这是哈希文先生留下的除陨石做的美女雕像以外，另一个珍贵的"遗产"！

索尔德的租住地街道两旁植有凤凰树，树上开满粉红色的花朵，远看好像绯红的彩云。

刘洋凯找到房东太太，问起"索尔德"，房东太太说他刚搬走。

刘洋凯认为，在这个世界上，除了哈希文，恐怕再没有别人知道索尔德的真名、国籍。

房东太太得知刘洋凯是华人大侦探，热情地请他进屋。

刘洋凯在这个租住屋的地下室里,找到了索尔德丢弃的炸药、电雷管、电线和闹钟零件。

经鉴定,丢弃的炸药与降落伞纤维上残留的炸药成分完全相同。

这证明索尔德是 W 航班行李舱发生爆炸、起火的元凶。

然而,爆炸的规模并不大,是什么原因?

刘洋凯分析,索尔德制造的"土定时炸弹"有两个小闹钟,其中第一个闹钟响铃时,打铃的小球就会接通线路,引起四个通电雷管爆炸。第二个小闹钟是备用的,预防第一个小闹钟失灵。

刘洋凯重新组装了这个"土炸弹",将各个部件的电路连接起来,形成一套完整的电路,进行爆破试验。

刘洋凯认定,那四个爆炸的雷管表明,索尔德制造的"土炸弹"发生了作用,但只是部分发挥作用。炸药之所以未能全部爆炸,是因为雷管安装得太差劲,机场的一位搬运工粗手粗脚地搬弄行李,使它脱落了。

多亏那位粗手粗脚的搬运工! 如果炸药全部爆炸,就会使飞机在空中解体,哈希文也无法将陨石做的美女雕像抛回地面。

"土炸弹"爆炸时,索尔德本人也在飞机上,是他自己引爆了炸弹,这是不折不扣的自杀行为。

索尔德为什么要自杀?

刘洋凯访问房东太太,获知索尔德两个月前结识另一个男人萨斯塔,两人"同睡一张床,同盖一条被,同抽一支烟,同饮一杯酒,形影不离,比夫妻还要亲密"。

刘洋凯找到索尔德的日记本。这是一部关于两个男人的"性爱日记"。

在这场同性相恋的人生戏剧中,索尔德的角色是"1",萨斯塔的角色是"0"。

索尔德扮演的"1"威猛刚劲,萨斯塔扮演的"0"温柔缠绵。

这对同性恋人,索尔德喜欢画画,萨斯塔喜欢写诗。

索尔德画了一幅萨斯塔披着婚纱的画。

萨斯塔写了一首题为"情郎不要急"的诗。

索尔德在日记中透露,每次在欢愉的高潮过后,悔恨、自责和罪恶感会像惊涛骇浪向他击来。

然而,他经不住诱惑,一次又一次"作孽"。

他爬上巅峰,又跌进深渊。

如此循环往复,令他痛苦不已。

因为他知道,他的所作所为完全违背了自己信奉的教义。

索尔德最后在日记中写道:

我爱天空,

我爱海洋,

我要在最美丽的地方,

结束我最不美丽的人生！

刘洋凯将这些材料交给学妹艾丽斯，请她转交给有关部门在调查 W 航班客机失联原因时做参考。

古董检证会经专家鉴定假的美女雕像后，将它交还给苏丹娜。

鉴定专家对苏丹娜说："闹得满城风雨的陨石做的美女雕像，原来是仿制品！"

苏丹娜笑道："但它能以假乱真！"

"真正的陨石做的美女雕像可能在你丈夫的德国办事处。"专家猜测道。

"被您说对了！"苏丹娜答道，"我已经从德国拿回来了。"

"这件陨石做的美女雕像是无价之宝啊！"专家十分羡慕。

"今天晚上有电视直播节目，您可以看到真正用陨石做的美女雕像。"苏丹娜对专家说。

当晚，苏丹娜来到雅加达雄伟庄严的民族纪念碑广场。

广场由水泥地和绿草地组成，其间点缀着各种花草树木。广场中央高耸着民族纪念碑。纪念碑的北边和西边，分别立着印度尼西亚两位民族英雄的雕像。

印度尼西亚第一位总统苏加诺下令修建了这个民族纪念碑广场。体现男人气概的巨大的圆柱碑体高一百三十二米，顶端是十七米高、镀有五十公斤黄金的一把点燃的火炬。

民族纪念碑广场此刻灯火辉煌,人头攒动,记者云集。

苏丹娜应电视台邀请,向现场观众及电视机前的千百万观众展示陨石做的美女雕像。

聚光灯下,摄像机前,苏丹娜笑容可掬,陨石做的美女雕像熠熠闪光。

电视台主持人向观众介绍,二十世纪三十年代,一位德国科学家跟随探险队到中国探险,带回一件石头做的美女雕像作为纪念。那位科学家去世后,这件美女雕像不知所踪。去年,印度尼西亚华侨哈希文先生在德国旧货市场上发现这件美女雕像并买下来。经德国科学家证实,这件美女雕像是用一万五千年以前坠落在蒙古的陨石雕成的,其价值不可估量。

千万双眼睛向苏丹娜投去羡慕的目光。有了这件堪称稀世珍宝的陨石做的美女雕像,苏丹娜及她的子孙后代将衣食无忧!

主持人请陨石做的美女雕像的拥有者苏丹娜讲话。

苏丹娜用诚挚而亲切的口吻说:"我和我先生哈希文的祖辈都是很早来到印度尼西亚的华侨,我们两个家族在这里已经生活了好几代,印尼的水土哺育我们,印尼的人民关照我们,所以连我们的名字都带有印尼味。我们华侨和印尼人民唇齿相依,共生共荣!"

接着,苏丹娜宣布了惊人的决定。

她郑重地说:"二十世纪三十年代的那支到中国去的探险队,隶属于德国党卫军,因而那位随行的科学家从中国带回的陨石做的美女雕像,是纳粹掠夺品,我决定完成我先生的遗愿,将陨石做的美女雕像返还中国——我们的祖国!"

刘洋凯受邀上台讲话,他感谢苏丹娜女士的壮举,颂扬海外华人热爱祖国的高尚情怀,祝愿中国人民和印度尼西亚人民的深情厚谊,像美丽的梭罗河源远流长……